Edmund Berg · Einer der Himmel und Erde eroberte

AF289396

EDMUND BERG

EINER
DER HIMMEL UND ERDE
EROBERTE

© 2003 Edmund Berg
Satz und Layout: Buch & medi@ GmbH, München
Umschlaggestaltung: Kay Fretwurst, Spreeau
Herstellung: Books on Demand GmbH, Norderstedt
Printed in Germany
ISBN 3-8330-0873-3

Rottweil, den 18.5.2003

Lieber Herr Bundeskanzler Schröder!
Sie haben auf meinen Namen geschworen,
So wahr mir Gott helfe

Lieber Gerhard Schröder, ich habe die Geschicke Deutschlands in Ihre Hände gelegt. Ich stamme aus der untersten Schicht, ohne Schulbildung. Schaffte es aber durch eisernen Willen und Gottes Hilfe den höchsten Thron zu erklimmen. Lieber Gerhard Schröder, Sie dürfen sich Dr. Professor nennen. Den Titel erhalten sie aus erster Hand.

Von Jesus Christus Keuschheit, der auferstandene König des Himmels und der Erde. Rufen Sie bitte den 3.8.2003 als National-Feiertag aus und den 10.8.2003 als Volkstrauertag aus, an diesem Tag wollten die Bösen Buben, die CDU, mir das Geschlechtsteil entfernen. Da gibt es kein Überleben, aber welch ein Glück, ich lebe noch. Lieber Herr Schröder stellen Sie bitte eine starke Mannschaft auf, weltweit auf, denn es heißt nun Deutschland, Deutschland über alles. Dafür habe ich 51 Jahre gekämpft und es nimmt kein Ende, mein heiliges Blut vergossen. Mein Vermächtnis hinterliegt beim Ehrenmitglied der SPD Dr. Hans Jochen Vogel. Ich habe ihn auserwählt, weil er schwarz, Katholik, aber doch ein Roter ist. Mein Buch in Kurzfassung folgt. Ich bin schon 41 Jahre Frührentner, aber wahre Freundschaft soll nicht wanken. Die CDU und CSU und auch die FDP scheiden aus dem Deutschen Bundestag aus. Wer sich Christ nennt und sich so benimmt, ist nicht würdig in mein Haus einzukehren.
gez.
Der Befehlsinhaber
Edmund Berg

Wer keinen Respekt vor Gottes Schöpfung hat, hat im Deutschen Bundestag nichts verloren. Strafe muss sein. Ich habe mehr als zweimal lebenslänglich verbüßt. Einmal oben und einmal unten und nun wieder oben drauf. Ich habe im Gottesgarten gegraben und geackert, aber die Frucht gedeihte nicht, weil ich zwei linke Hände und einen schrägen Kopf hatte. Nun habe ich Euch viel, viel Arbeit hinterlassen. Packens wir an. Gott segne Euch.

Viele Grüße von
Eurem
Ritterkreuzinhaber
Edmund Berg

Ich kann das gar nicht verstehen, dass man immer auf den Zweiten Weltkrieg herumhackt und von dem Dritten Weltkrieg gar nichts mitgekriegt hat, obwohl er viel vernichtender war. Was ist das, in Israel 66 Jahre Morden und welch eine Gotteslästerung. Ein Priester kann doch nichts verkünden, was er nicht weis. Klugscheißer sagen aber, Du hattest ja ein leichtes Spiel, Du hattest ja einen Vater im Himmel. Aber von den Strapazen, die ich hinter mir habe erzählen Sie nichts. Sie hätten es auch tun dürfen, Sie hätten doch die gleiche Chance gehabt. Ja soviel Qualen und Entbehrungen, nein danke. Das süße Leben ist schöner. Gehört da nicht viel Mut und Überwindung dazu, sich wie ein Amok-Flieger bewusst in den Tod zu stürzen?
Die Herren von der CDU, CSU, FDP und die Kirchen sagen einfach, Soldaten sind Mörder. Wieso haben diese Leute die Bundeswehr eingeführt und warum gibt es die Wehrdienstverweigerer? Die Drecksarbeit sollen nur die Soldaten machen.
Nun muss ich mich nochmals bedanken, für das, dass Sie der USA eine Absage erteilten und durchhielten. Auch Frankreich, Belgien und Russland herzlichen Dank. Das hat es noch nie gegeben, zuerst den Gegner entwaffnen und dann zuschlagen. Im Zweite Weltkrieg war es das gleiche und die Schwarzen feierten Sie als Befreier. Im Dritten Weltkrieg hatten weder die Schwarzen oder die USA etwas

zu melden. Ich gewann gegen 6,5 Milliarden Menschen. Erst wenn die USA Menschen auferwecken können und alles wieder aufbauen tun, wie versprochen, sind sie so gut wie wir. Mein Krieg war vernichtender als der Zweite Weltkrieg. Aber nach meinem Krieg kam mein Königreich und keiner wollte etwas davon gemerkt haben. Aber aus der Hölle kommt keiner raus, das war mein Sieg.

Lieber Herr Bundeskanzler, Sie sind mein Vertrauensmann, für eine Antwort wäre ich sehr dankbar, danke.

Viele Grüße von
Ihrem Kameraden
Edmund Berg

Das sollten sich die schwarzen hinter die Ohren schreiben, was Ihr einer meinen Geringsten getan habt, das habt Ihr mir getan.
    Schulden müssen immer beglichen im Himmel und auf Erden werden.

Der König über Himmel und Erde
Edmund Berg

Liebe Frau Pfarrerin Rettenmaier!

Die ganze Religion stimmt so nicht. Was haben die Priester gelobt und versprochen. Der Papst duldet aber, dass Priester Kinder missbrauchen und Kinder zeugen. Wenn ein Priester 5 Kinder von fünf Frauen hat, wird es akzeptiert. Hat ein Priester von einer Frau drei Kinder wird er verdammt, weil es ein eheliches Verhältnis ist. Ein Priester hatte ein Kind und stand dazu, der wurde von der Katholischen Kirche ausgeschlossen, obwohl die ganze Kirchengemeinde schrie, wir wollen unseren Priester wieder haben, mit Frau und Kind. Ist so etwas gerecht? Sie haben doch eine Tochter, würden Sie diese auch kampflos wieder hergeben, sicher nicht? Gott ist evangelisch, die Muttergottes und ihr Sohn auch. Alles sind Deutsche und keine Juden. Ich habe 6,5 Milliarden Menschen geschlagen, keiner hat das geschafft und geleistet. Der Papst hat mein Angebot nicht angenommen dem Hungermord ein Ende zu bereiten. Daher ist es der Wille der Muttergottes und Ihrem Sohn, dass Sie, liebe Annegret, das Oberhaupt der einheitlichen, christlichen Kirche werden. Gott, der Himmel und Erde gemacht hat, nimmt diese Gotteslästerung nicht mehr so an. Ich bin der auferstandene Sohn und Gott. Jetzt liegt eine große Last auf den Kirchen und Politikern. Viel Steine gab's und wenig Brot. Rinnen soll der Schweiß. Im Schweiße deines Angesichts sollst Du Dein Brot essen. Wer hat gesagt, keiner soll Hungern oder Frieren? Viele sagten, ich wäre ein Selbstmörder. Andere sagten, schaut den Himmelsstürmer an.

Viel Glück und Erfolg, liebe Annegret

An den Heiligen Vater.

Mein sehnlichster Wunsch wäre, dass der Heilige Vater den Hei-
matort meiner Eltern und Geschwister Peterzell- Alpirsbach zum
Wallfahrt machen würde. Ich nannte es immer Petruszelle. Die liegt
unter der Kirche aus der ich rausgeworfen wurde und eine Quelle,
der Dorfbrunnen entsteht. Der Friedhof liegt darüber. Das wäre
mein Wunsch. Die Mutter Gottes und ihre behinderte Tochter
würden es Ihnen ewig danken. Für mich hätte ich gerne die Königs-
krone über Himmel und Erde. Als ein kleines Geschenk für den
51 jährigen Krieg, den niemand wahrnahm. Was Ihr eines meiner
geringsten getan habt, das habt Ihr mir getan. Ich bin der König.
    Meine vier Wände sprechen nicht mit mir, oder doch? In den
vielen schlaflosen Nächten, hörte ich oft eine Stimme, aber war es
Gott oder der Teufel? Ich büffelte viel in schlaflosen Nächten und
grübelte über meine verlorengegangenen 47 Jahre nach. Zweimal
lebenslänglich ist eine lange Zeit.

Es grüßt Sie recht herzlich
Der Sieger über Himmel und Erde
Edmund Berg

Ja lieber Heiliger Vater, Sie haben sich groß getan, Sie gehören der
größten Organisation an. Sie haben das meiste Geld und Gold.
Trotzdem haben Sie gegen den kleinen Giftzwerg, den Berg, verloren. Er und seine Soldaten kamen auf Krücken daher, haben aber
trotzdem gewonnen. Ihr Gefolge war zu satt und konnte nicht
gehorchen. Ein Arbeitskollege sagte, den Berg schlägt keiner. Der
andere hielt den Finger vor den Mund , der Idiot, der Esel, Hund
oder Affe weis doch gar nichts davon. Das wäre nicht schlimm, es
kommt nur darauf an, wer es sagt. Darum bin ich vom Himmel he-
rabgestiegen um alle Kinder und schwache Gotteskinder zu erlösen.

Im Sündenpfuhl sind noch alle umgekommen. Du sollst kein falsches Zeugnis reden wider Deines Nächsten. Sondern helfen sollst Du Ihm und nicht zugucken und den Anderen auslachen. Auf mir lag die ganze Last von Adolf Hitler und das gute Erbe von unserem Opa Professor Dr. Theodor Heuß. Meine Meisterleistung krönte mein himmlischer Vater, der Allmächtige Gott, König über Himmel und Erde. Der erste Mann sein und nichts zu sagen haben, das kann wohl nicht sein. Einer trage des anderen Last. Mein Reich ist da. Tiere werden ja mehr geliebt als Gottesgeschöpfe. Nichts wissen und alles richtig machen, ist die Kunst des Lebens. Ich habe zweimal lebenslänglich gebüßt und damit meine Schulden alle bezahlt. Die Liebe Gottes ist das Höchste Gut. Es lebe die Gerechtigkeit Amen.

Lieber Herr Dr. Vogel!

Jawohl, Herr Dr. Vogel, Sie haben Recht, stoppen Sie das wahnsinnige Wettrüsten. Alles fing mit Adenauer an. Der gute Mann rühmte sich, er wäre keine Stunde Soldat gewesen. Hatte der gute Mann kein Gewissen, als er die Bundeswehr einführte. Wer keine Angst hat, braucht keine Waffen. Sollte nicht jeder Mensch von Geburt bis zum Tod Soldat sein? Jeder Mensch sollte sich wenigstens gerecht durchs Leben boxen.

Was ein Christ ist, weiß ich nicht. Aber ich kenne viele, die sich so nennen, es aber niemals sind. Unseren Herrgott schlägt weder ein Reagan noch ein Dr. Wörner.

Wäre das nicht die Aufgabe vom Papst und von Reagan, dem Hungermord ein Ende zu bereiten?

Hat uns Hitler nicht das Tausendjährige Reich versprochen?

Hat er nicht von Vorsehung gesprochen?

Glaubt niemand daran. Einer gegen alle, alle für einen. Ist Gott und sein Sohn ein Deutscher? Müsste man der CDU und CSU Religionsunterricht erteilen? Schade, dass ich durch den Krieg nur sechs Jahre in die Hilfsschule gehen konnte. Aber ich kann mit Freude sagen, was Gott mir gab, das kann mir niemand nehmen.

Heißt es nicht: Leben wir, so leben wir dem Herrn; sterben wir, so sterben wir dem Herrn, darum wir leben oder sterben, so sind wir des Herrn.

Reagan soll doch die modernen KZs besuchen, die Irrenhäuser in Deutschland. Dort werden die Menschen auch nicht anders vernichtet.

Beliebt braucht man nicht zu sein, aber man soll Gott mehr gehorchen als den Menschen.

Wenn schon, lieber ein Roter sein, als eine schwarze Seele haben.

Nur keine Bange, wir haben den längeren Atem.

FRAKTION DER SPD
IM DEUTSCHEN BUNDESTAG

- Briefbeantwortung -

Herrn
Edmund Berg
Heerstraße 103
7210 Rottweil 1

Fernsprecher 16/ 16 56 55
Die Wahl dieser Rufnummer vermittelt
den gewünschten Hausanschluß
Kommt ein Anschluß nicht zustande
bitte Nr. 161 (Bundeshausvermit-
lung) anrufen

5300 Bonn-Bundeshaus,
den 23.5.85

Sehr geehrter Herr Berg,

Ihr Schreiben vom 24.4.85 ist uns von Dr. Vogel zur Beantwortung
übergeben worden, da die Fülle der eingehenden Post eine per-
sönliche Antwort leider nicht mehr möglich macht. Wir möchten
Sie herzlich bitten, das zu verstehen.
Wir haben Ihren Brief jedoch sehr aufmerksam gelesen und freuen
uns sehr darüber, daß Sie solches Vertrauen in unseren Fraktionsvorsitzenden setzen. Wir können Ihnen nur beipflichten: das Wettrüsten muß gestoppt werden, dafür müßte sich gerade jeder Christ ein-
setzen - zu kämpfen gibt es auch ohne Krieg gerade genug! Wenn
schon aufrüsten, dann moralisch, denn bei dieser Zerstörungskraft
der heutigen Waffen ist ein Krieg- egal, ob er gewonnen oder verloren wird - gleichzeitig auch das Ende des Siegers.
Wir möchten Ihnen im Namen von Dr. Vogel ganz herzlich für Ihre
Mühe und Ihr Vertrauen danken und übersenden Ihnen zum Zeichen der
Verbundenheit ein Autogrammfoto von unserem Fraktionsvorsitzenden.

Mit den besten Wünschen und
freundlichen Grüßen,

(Brigitte Petrović)

Brief von der SPD

Das ist eine wahre Geschichte

Wer einmal lügt, dem glaubt man nicht,
wenn er auch die Wahrheit spricht.

Die Botschaft, die Geburt Christi

Zuerst war ich Jesus, nach langer Lehrzeit beförderte mich der Herr
zum Herrn über Himmel und Erde. Er ließ aber auch nicht den
Kelch an mir vorübergehen. Steh auf und wandle. Ich habe mich nie
über die Kriegszeit beklagt, ich habe mich nie über mein Leben im
Nonnenkloster beklagt. Die Rossknechte waren sich so sicher, der
verrät nichts. Oft hatte ich nach einer halben Stunde Stadtausgang.
Einmal musste ich aber besonders laut gewesen sein, es war Stamm-
tischgespräch im Schwanen in Bühlingen. Meine Mitbrüder sagten
es auch. Aber der Nachtwächter schlief den Schlaf des Gerechten.
Einmal musste ich auch mit anhören, wie der Nachtwächter einen
Patienten um 22.30 Uhr aus dem Bett warf und selber darin schlief,
bis um 3.25 Uhr ein weißer Engel kam. Aber der Stern erlosch bald.
Der Engel musste gehen und der Bengel blieb. Er beschuldigte sie,
sie hätte ihr Gelübde gebrochen. Das hätte man erst überprüfen sollen. Solch ein Mensch konnte es ja auch nicht wissen. Mein Mitbru-
der war 26 Jahre älter und ich konnte nicht, oder lag es nur daran,
weil sie mir das Geschlechtsteil wegschneiden wollten.

ALS KLEINER JUNGE
HÖRTE ICH SEHR OFT IN DER KIRCHE,
UNS IST ALLES NUR GELIEHEN

Das hätte er lieber nicht tun sollen. Ich schwor wieder zu kommen.

1953 erlernte ich den Schreinerberuf.

1955 am 6. Januar kam ich zum ersten Mal in ein Nonnenkloster. Wurde super behandelt und gleich zum Mörder gestempelt.

Am 6. November 1960 wurde ich Millionär.

Ich lehnte es aber mit den Worten ab, ich habe einen gesunden Kopf und habe gesunde Hände und bin noch sehr jung.

1962 kam, was nicht hätte kommen dürfen, ich kam ins Irrenhaus.

Ich wollte mal Stärke beweisen und schoss ohne jegliche Hilfsmittel auf das Hochhaus von Daimler-Benz. Die Rechnung der Herren ging nicht auf. Gott der Allmächtige war stärker.

Am 15. Juli 1999 bekam ich den Siegeskranz und den Namen Gott dazu. Gott ist Mensch geworden und wohnt unter uns.

Am Reformationstag waren zwei Polizeibeamte Zeugen morgens um drei Uhr. Mit den Worten empfingen Sie mich: »Das ist der Herr Berg, er schlägt seine 95 Thesen an die Kirchentür.«

Die Kirchen haben aus Bequemlichkeit 66 Jahre verschlafen. Wer zieht schon das Hemd aus, wenn er noch eine Hose anhat. Nun ist es da. Dein Reich komme. Keiner will es aber mehr haben. Viele Jahrzehnte betete man im Gottesdienst diese Worte.

Als 16-Jähriger wurde ich zum Mörder gestempelt. Ich war angebunden wie ein Stück Vieh, ich konnte mein Frühstück nicht essen. Dann aß es ein anderer und nun musste er sterben, sagte der Pfleger. Das nahm ich mir so zu Herzen, ich war vier Tage kein Mensch mehr. Am fünften Tag zerschlug der Tote eine hölzerne Schublade auf meinem Kopf. Da wusste ich, dass Katholiken Menschen auferstehen lassen können. Danach wurde ich von einem Professor in Stuttgart für zu gefährlich befunden für die Schwarzen. Er wollte mir das Altgedächtnis löschen. Er schaffte es auch nach dreimaligem elektrischem Stuhl nicht. Das war unbeschreiblich, wie besorgt meine Ärztin um mich war. So etwas habe ich selbst im Krieg nicht erlebt. Das war eine Hinrichtung. Der Professor sagte nur, der ist jung und Sportler, der übersteht's. Da konnte auch ich die Besorgnis der Ärztin um einen jungen wildfremden Menschen verstehen. Bei der zweiten Kur nahm ich 42,5 kg zu, ich war dicker als lang. Diese Kuren gibt es in Deutschland nicht mehr, weil die Todesrate zu hoch war. Selbst im Rottenmünster wollten mir die Schwarzen das Geschlechtsteil abschneiden. Da strahlten sie aber, da gibt es kein Überleben. Dreißig Jahre danach lebe ich immer noch. Gibt es doch eine stärkere Macht als die Schwarzen? Hatte ich Glück oder Schwein gehabt, oder war es ein Engel vom Untermarchtal? Das Telefon klingelte, der junge Arzt ging sofort in Urlaub und kam nicht mehr zurück. War das nicht unser aller Gott, der mich fünfmal vor dem sicheren Tod gerettet hat? Hitler gehorchte der Vorsehung, der Krieg dauerte nur sechs Jahre. Die Kirchen haben 66 Jahre verschlafen. Wo bleibt die einheitliche Kirche? Fehlt es am Glauben oder am Geldsäckel? Schwer kann es doch nicht sein.

Hat niemand den Stern gesehen?

Christus ist wahrhaftig auferstanden.

Als ich 19 Jahre alt war, sagte eine ungefähr 60-jährige Frau zu mir, sie kann einfach nicht verstehen, dass einem Menschen alles gehören kann. Ich kriegte gar nicht mit, was sie da meinte. Es war bei der Bärenhöhle. Erst danach bekam ich es zu spüren. Die schwarze Brut ging mir ganz tüchtig in die Wolle. Sie sagten, ich wäre zu gefährlich für die Schwarzen. Ich wurde einfach ungewollt aus dem Verkehr gezogen. Für mich war das unbegreiflich, wo ich so ein friedliebender Mensch war. Nach langer Zeit kam ich wieder aus der Versenkung heraus. Unkraut verdirbt nicht. Ja, was soll man machen, wenn man ein Ausgestoßener, Verrückter, Schwachsinniger, Wahnsinniger, Religionswahnsinniger, Geistesumnachteter und Idiot ist? Diese Titel bekam ich alle von einem Amtsrichter, obwohl er kein Wort von mir hörte. Aber nun weiß ich, dass spätestens im Sterbebett alle ihre Quittung und die Rechnung dazu bekommen. Christus ist gestorben und wahrhaftig auferstanden.

Am Höchsten Gericht kommt keiner vorbei und mogeln kann auch keiner. Keiner glaubte etwas. Es heißt aber, Kinder und Verrückte sagen immer die Wahrheit. Jetzt begreife ich auch, was ich zu einigen Damen sagte. In der Verwandtschaft kenne ich mich nicht aus, ich bin mit allen verwandt. Ich war immer ein Einzelgänger. Man soll seinen Geist nicht unterschätzen und zu früh aufgeben. Kommt Zeit, kommt Rat.

Mein Bruder Helmut ist 1940 verhungert und meine Schwester Erna 1945. Ein Priester und eine junge Ordensschwester sagten, das wird so gut sein. Wer kann sich da Christ nennen? Das sind doch nur Vaterlandsverräter und Gotteslästerer gewesen.

Die Soldaten sagten nur, wir vergraben die Schwester ehrwürdig. Priester ist keiner da, die müssen ja ihr eigenes Leben retten. Ein Priester hat doch keine Angst, dachte ich, er ist doch bei Gott versichert, oder glaubt er seinen eigenen Worten nicht? Warum wurde er dann Priester, wenn er anderen Menschen erzählt, was er selber nicht glaubt? Er weiß nicht, was ein Mensch ist, was bettelarm ist, das weiß er auch nicht in unserem Wohlstandsland. Ich schwor mit zwölf Jahren zu Adenauers Zeiten und machte ein kleines Spielchen. Einer gegen alle. Dafür habe ich meinen Kopf gesetzt und habe alles gewonnen, das war der Dritte Weltkrieg. Keiner hat es gemerkt. Ach doch, das deutsche Fernsehen brachte, als alles vorbei war, eine Sendung mit dem Titel: Vom Irrenhäusler zum König. Viele versetzte das in höllische Angst. Gott ist Mensch geworden und wohnt unter uns.

Ich hörte nur immer, wir Schwarze, wir Christen, wir bewegen noch etwas. Leider bin ich aber kein Schwarzer.

Ich habe auch einen Führerschein gemacht. Meine Arbeitskameraden staunten, der ist nicht dumm, in zehn Stunden die Prüfung in einer Großstadt zu bestehen, in einem Dorf ist es eher möglich.

Aber leider haben mir die lieben schwarzen Christen wieder den rechtmäßigen Führerschein geraubt.

Wie kann ein Konrad Adenauer sich rühmen, er wäre keine Stunde Soldat gewesen? Müssen wir nicht alle Soldat von Geburt bis zum Tode sein?

Wie kann sich der heilige Franz Josef Strauß rühmen, er wäre so klug, ihm kann niemand etwas nachweisen.

Wie kann sich ein Finanzminister Waigel über seinen Glauben und Heiligen Vater hinwegsetzen.

Wie kann ein Horst Seehofer aussprechen, Langzeitpatienten können ruhig sterben, es ist sowieso kein Geld da. Er hat viel zu viel, wer kann schon auf Besitztum pochen, es gehört ja einem anderen.

Lieber Franz Beckenbauer sind Sie wirklich katholisch?

Ich kann nicht verstehen, wie Sie zu dem Ausspruch kommen, was brauch ich Gott, ich bin ja Kaiser. Auch Ihr Stern geht mal unter. Wer so hoch steht, der kann auch tief fallen. Wer sich selbst erhöht, der wird erniedrigt werden. Ehebruch ist bekanntlich das größte Verbrechen.

Gott und die Muttergottes sind evangelisch, daher auch Jesus Christus unser Heiland, unser Erlöser auch.

DER WERDEGANG DES HIMMELSSTÜRMERS

Mein Bruder, Hugo Berg, geboren am 16. April 1942 in Polen. Er war tot und ist wieder lebendig geworden. Gepriesen sei der Herr, der Himmel und Erde geschaffen hat.

Ein Arzt stellte den Tod fest und sagte zum Pfarrer, Rotes Kreuz brauchen wir nicht mehr, der Leichenwagen ist unterwegs. Später hieß es dann, er war scheintot, das gibt es ja.

Nach schweren und harten Kriegsjahren, die aber auch überaus lehrreich waren, erlitt meine Schwester Erna den Hungertod. Ich habe viel gesehen, erlebt und erfahren, warum deutsche Soldaten sich hingegeben haben und verblutet sind.

Mit neun Jahren kam ich zur Schule. Mir machte es Höllenspaß, etwas zu lernen. Ich kannte keinen Buchstaben und hatte noch nie ein Buch in der Hand. In der Schule machte ich gute Fortschritte, weil ich nichts vergessen konnte. Im Sport war ich ein Ass, stellte Weltrekorde auf, stellte sie ein und verbesserte sie wieder. 100 Meter damals nie erreichte zweimal 9,8 Sekunden, Weitsprung 8,90 m, 9,35 m und 12,36 m. Es kam aber noch dicker, ich konnte mich einfach vom Erdboden abheben. Vier Lehrer und viele Schüler waren Zeugen. Alle wussten es ganz genau, es waren 21,5 m. Nachher erfuhr ich auch, warum die Messlatte so genau war. Ich erhob mich genauso hoch wie der Kirchturm und der war genau 21,5 m. Bei den Bundesjugendspielen stellte ich meinen Weltrekord ein. Ich hätte ihn noch mal verbessern können, aber kurz vor dem Ziel überfiel mich ein Gefühl, als wäre im Körper eine Bremse oder eine Sperre.

Kurz darauf zogen wir ins Schwabenländle.

Im Schwabenländle angekommen, sank ich schulisch wieder auf den Nullpunkt. Nach der Schule erlernte ich ein Handwerk, wurde Holzwurm. Aber der Holzwurm bohrte zu sehr, ich kam zum ersten Mal in Gewahrsam eines heiligen Nonnenklosters. Dort wurde ich super behandelt. Der Oberpfleger machte mich gleich für den Tod eines Mitpatienten verantwortlich. Das nahm ich mir sehr zu Herzen. Ich war vier Tage kein Mensch mehr, so verzweifelt war ich. Am fünften Tage zertrümmerte der Tote eine Nachttischschublade auf meinem Kopf. Von nun an wusste ich, dass die Katholiken auch Menschen auferstehen lassen können. Eins musste ich noch feststellen, ich bin 32 cm im Nonnenkloster gewachsen. Das kann doch wohl nur an der Unterernährung vom Krieg und danach gelegen haben, hieß es.

Nach der Lehre ging ich nach Stuttgart, arbeitete als Schreiner und als Hilfsschlosser bei Daimler-Benz. Dort erlernte ich auch ein kleines bisschen die Kunst des Boxens.

Am 6. November 1960 wurde ich Millionär.

Der Edmund war schon immer ein kleines Teufelchen. Er entdeckte schon früh, dass die schwarzen Schafe, Adenauer, der »mächtige Alte« genannt, und Franz Josef Strauß, der Überkluge, der Heilige genannt, Deutschland betrogen, verraten und verkauft haben. Daher habe ich Dr. Professor Theodor Heuß gewählt, der nur ein kleiner dummer deutscher Esel (Schwabe) war. Ungefähr dreißig Jahre nach seinem Tod kam ein kleiner Artikel mit Foto von mir in der Presse, dass ich auch heute noch große Stücke auf »Opa Heuß« halte. Das stimmt wohl nicht ganz, dass er ein kleiner dummer Deutscher war. Er war halt ein Schwabe, und er liebte die Tiere so sehr, er erzählte halt so gerne von Eseln. Wen er meinte, habe ich bis heute nicht erfahren, wo er doch eine solche väterliche Güte und Menschlichkeit ausstrahlte. Er war auch ein ganz schlichter ehrlicher deutscher Volksvertreter. War er nicht der erste Mann in Deutschland?? Es gab aber nur Adenauer und Strauß. Den armen Mann kannten nur wenige. Ein Irrenhäusler darf so etwas nicht äußern, er ist ja nur ein verrückter Idiot.

Fast alle Gelehrte, Supergescheite und Steinreiche, die Millionen und Milliarden besitzen, können den Lebensinhalt nicht begreifen. Hauptsache, sie haben einen Titel und können in Saus und Braus leben und den lieben Herrgott einen guten Mann sein lassen. Sich nur nicht anstrengen, das ist ja auch gar nicht so schwer und andere auslachen, verspotten, die schwerkrank sind, leiden müssen und so arm sind, dass sie kaum überleben können. Keiner dürfte sagen, was bin ich oder wie sieht der Trottel aus.

Ich habe schon mit zwölf Jahren, am 11. September 1950 auf die deutsche Fahne geschworen, nicht erst, als ich von Konrad Adenauer im Februar 1959 den Befehl bekam.

Das sollte doch jeder, der lesen oder hören kann, mitbekommen haben, dass dies das größte Gebot ist »auf Erden«.

»Du sollst Deinen Vater und Deine Mutter achten und ehren, solange du lebst!«

Vielleicht auch das, man soll denen helfen und beistehen, die mühsam und beladen sind, die das Leben nicht meistern können. Aber da müsste man ja was tun, wo aber die Zeit hernehmen, wir haben doch alle keine Zeit und uns wurde so viel Zeit geschenkt. Noch ist für viele die Zeit nicht abgelaufen.

Was nicht zur Tat wird, hat keinen Wert.

Irgendwo steht: Arbeitet ohne Unterlass, denn es wird reiche Früchte tragen.

Verkehrt ist auch was wert.

Wer nicht sät, kann auch nicht ernten. Wer für Gotteslohn etwas tut, bekommt es tausendfach zurück.

Den Himmel kann man nicht mit Gold bezahlen. Aber Bäume wachsen auch nicht in den Himmel, eine Leiter reicht auch nicht hinauf. Also muss man doch etwas tun. Auch der Himmel kostet Gold, Schweiß und Blut.

Umsonst ist der Tod und der kostet das Leben.

Viele Steine gab's und wenig Brot, also auch nicht nur Honiglecken.

Wer zuletzt lacht, lacht am besten.

DER UNTERGANG UND DER LEIDENSWEG

1962 kam ich ins Irrenhaus, wurde geknebelt und gemartert, weil ich ohne Hubschrauber auf dem Hochhaus bei Daimler-Benz gelandet bin. Zwölf Feuerwehrleute waren im Einsatz. Sieben holten mich vom Dach herunter. Sie versicherten allen Zuschauern, es war gerade Betriebsversammlung, innen wäre er niemals hinaufgekommen. Unser Meister sagte, schaut an, den Himmelsstürmer. Andere sagten, das kann nur ein Selbstmörder sein.

Darauf kam ich dann ins Bürgerhospital. Da war ein kleiner »Schwarzer« als Nachtwächter. Der hat ganz laut geschrien: »Mal sehen, wer stärker ist, ein Krankenpfleger oder ein Boxer.« Der gab mir eine Betäubungsspritze nach der anderen. Warf mich die ganze Nacht in eine Badewanne und machte ein Gitter darüber. Ein paar Mal lag ich auch im Bett ganz eng angeschnallt. Es waren zwei Mann mit dem Namen Berg da. Der eine starb vier Tage danach. Ich hatte anscheinend alle seine Spritzen erhalten. Die Ärztin war immer so nett und sagte auch unter anderem, der Herr Berg ging freiwillig ins Sterbezimmer, weil kein Bett mehr frei war.

Dann kam der Schlager der Nation Deutschlands. Ein Amtsrichter, den ich gar nicht wahrnahm wegen einer davor verabreichten Spritze. Der gab mir den Freischein für immer, ohne auch nur ein Sterbenswörtchen von mir gehört zu haben. Der gute Amtsrichter bestätigte, dass ich geistesgestört, schwachsinnig, religionswahnsinnig, gemeingefährlich und geistesumnachtet wäre. Der gute Mann muss ein Hellseher oder ein Gott gewesen sein. Alles was er schrieb, traf danach tatsächlich ein. Die Ärztin erklärte mir, ohne die Amtsbestätigung dürften sie diese Rosskur nicht durchführen. Nun ging es Schlag auf Schlag. Die Ärztin sagte immer, sie würde es niemals tun, es sind schon so viele dabei gestorben. Der Professor bestehe darauf. Ich hörte ihn selber ganz deutlich sagen, das führen wir durch, der ist Sportler und hat einen guten Kreislauf, der überlebt es. Dreimal elektrischer Stuhl. Beim ersten Akt stand die Ärztin daneben. Sie zitterte wie Espenlaub. Als ich aufstand, konnte sie kein Wort sprechen. Bei den nächsten zwei Mal war sie nicht dabei.

Diese Tat war für mich noch lange nicht das Schlimmste. Danach gab es jeden Tag eine Spritze. Um aus dem Schock herauszukommen, gab es eineinhalb Liter Zuckerwasser und Gesichtsmassagen, ganz schön derb und heftig.

Nachdem ich 42,5 kg an Gewicht zunahm, bekam ich schwere Depressionen. Der Verstand und der Geist lagen völlig danieder. Für jede Bewegung brauchte ich alle Kraft, die ich besaß. Für die paar Wörter »lieber Vater« brauchte ich eine halbe Stunde. An eine Satzbildung war gar nicht zu denken. Alles war wie lahm gelegt. Ein halbes Jahr später blieb auch kein Essen im Magen. Als ich dann auch für die Willkür der Ärzte selber bezahlen musste, wurde ich fast Alkoholiker. Kurz vor Torschluss konnte ich es gerade noch abfangen. Armes, armes Deutschland, wo bist du nur geblieben! Durch die Hilfe eines früheren Nachbarn kam ich langsam, Schritt für Schritt, aus dem Schlamassel heraus. Durch viele Bemühungen und viel Training nahm der Bauch und der Körper wieder andere Konturen an. Ich war ja mehr rund als lang.

Das Größte aber, was es je gab, war eine Betäugungsspritze, die ich nach der Kriegszeit in einem heiligen Nonnenkloster erhielt. Eine Betäubungsspritze, die ein Pferd hätte sterben lassen, das beteuerte der Oberpfleger immer. Er musste es ja auch wissen, er war vorher Rossknecht. Dann musste ich 18 Stunden ohne einen Tropfen und einen Bissen in einer eisigen Zelle verbringen. Das alles ohne den geringsten Grund, das ist wohl das größte Verbrechen. Bei den Katholiken heißt es Nächstenliebe. Heute laufe ich noch mit kurzer Hose und Hemd herum, wenn die anderen den dicksten Wintermantel anhaben. Die letzten fünf Winter habe ich keinen Tropfen Heizöl verbraucht und lebe immer noch. Alles stöhnte, es ist eisig kalt, im Fernsehen hörte man es immer wieder.

Ein Beispiel: Fünf Pfleger sitzen am Tisch. Sie hatten gerade Zigarettenpause. Da erzählten sie gerade von einem Bibelspruch, ich habe ihn auch im Konfirmandenunterricht gelernt. Da kam gerade einer vorbei, der war aber Zeuge Jehova und sagte nur, das stimmt so nicht, wie ihr es sagt. In der Bibel im Kapitel Vers sowieso könnt ihr es nachlesen. Auf einmal standen alle fünf Pfleger auf, sagten, wir sind katholisch, und verschwanden im Dienstzimmer, kamen mit einer großen Spritze zurück und drängten den Mann mit Gewalt in die Zelle.

Ist das christliche Nächstenliebe? Obwohl er Recht hatte, sie hatten vergessen es nachzulesen, musste er sieben Stunden in der Zelle verbringen. Dass so etwas heilige Nonnen in ihrem Hause duldeten, kann doch wohl keiner verstehen. Darauf könnte ich einen Schwur leisten, so wahr mir Gott helfe.

Darauf pilgerte ich mit dem Fahrrad nach Nürnberg. Weil ich Hunger hatte, ging ich in eine Gaststätte, um etwas zu essen. Da gab es aber nur Maßkrüge. Dann bezahlte ich ganz schnell, obwohl ich gar nichts getrunken habe. Als ich ging, sagte ich nur, sind das die Methoden des heiligen Franz Josef Strauß in Bayern, und verschwand ganz schnell. Auf der Rückreise am 29. Juli 1968 schrie ich zu einer größeren Menge Menschen, der staatlich geprüfte Irrenhäusler sagt, der Papst ist der Größte aller Zeiten. Einer schrie, du bist doch auch ein Deutscher, ein Volksdeutscher. Andere sagten, am Tag der offenen Tür kommen wir auch zu dir.

In Stuttgart angekommen, dachte ich, jetzt kann mir doch nichts mehr passieren und trank eine Flasche Bier an einem Kiosk. Die Frau sagte: »Gehen Sie doch Ihren Freund Theodor Heuß besuchen. Sein Grab sehen Sie gleich, wenn Sie auf den Friedhof kommen.« Dazu kam es aber nicht. Ich kam ins Bürgerhospital. Die Pfleger kamen, schrieben wie die Wilden, wollten mir eine Beruhigungsspritze verpassen, aber der Arzt verhinderte es. Er untersuchte mich und sagte, ich solle hier warten, es käme ein Pfarrer. Nun meinte ich, ich müsste Stellung dazu nehmen, was ich zum Stellvertreter Gottes gesagt habe. Nach längerem Warten kam der Pfarrer von Peterzell, den ich gar nicht kannte. Dem erzählte ich Geschichten vom Zweiten und Dritten Weltkrieg. Ich wusste gar nicht, ob er alles begriffen hat. Auf einmal sagte er, da haben wir aber große Schuld auf uns geladen.

Dann ging er noch zu einer Telefonzelle. Als er zurückkam, war eine Stunde lang Sendepause. Ich achtete gar nicht darauf, wo die Reise hingeht, auf einmal um 2.30 Uhr fuhren wir in Rottenmünster vor. Auf Wiedersehen konnte er nicht sagen, war aber erleichtert, als mir die Nachtwächter die Gurgel zudrückten, Haare büschelweise herauszogen und mich an den Füßen 30 Meter den Flur entlang in die Zelle zerrten.

Bei der Sportplatzeinweihung in Rottweil waren viele Gäste da. Nach der Ansprache des Oberbürgermeisters Regelmann stahl ich dem Bischof die Schau, eine dreiviertel Stunde durfte er warten, bis das Rote Kreuz ihm seinen Auftritt gestattete. Ich machte sportliche Einlagen, erzählte Sprüche, verarschte viele Leute und schwang Reden. Bis die Hosen fielen, dann war mein Auftritt beendet. Den so gütigen Bischof, der mir den Vortritt ließ, konnte ich gar nicht mehr hören. Es gab wieder Sonderurlaub. Es stand ein großer, ausführlicher Bericht in der Presse. Drei Wochen später kamen zwei Ordensschwestern vom Kreiskrankenhaus, die erkannten mich im Rottenmünster Park. Sie sagten, auch so kann man berühmt werden.

Am 10. August 1970 sagte ein Arzt, mir würde das Geschlechtsteil abgeschnitten, da gebe es kein Überleben. Es muss anscheinend doch eine stärkere Macht gegeben haben als die Schwarzen, denn ich lebe noch.

1981 verschenkte ich einen 1000-Mark-Schein und wurde von einer Verkäuferin bei Quelle um 500 Mark betrogen. Sie verständigte die Geschäftsleitung. Aber gegen mich lag nichts vor, also war es ein Fall für den Psychiater. Die waren schneller als die Feuerwehr. Schwarz gekleidet, wo die so schnell die Anzüge herhatten ist mir ein Rätsel, im Dienst trugen sie doch weiß. Dann gab es 16 Stunden Sonderurlaub in der Zelle und anschließend sechs Wochen Ausgangssperre.

Das ist Christenliebe, man darf doch nicht sauer verdientes und hart erspartes Geld verschenken.

Jedes Stück Vieh weiß, wann es genug hat. Unser lieber heiliger und so kluger Herr Strauß hat sich nach einer Jagdfeier zu Tode gegessen. Er war ja nicht krank und musste allzu früh von uns gehen.

Seine Rechnung ging nicht auf. Vor Gott kann sich keiner verstecken. Was mit seiner Frau geschah, durfte niemand erfahren, er war ja der mächtigste Mann in Deutschland.

Wer keine Schuld hat, der werfe den ersten Stein. Unser tägliches Brot gib uns heute und vergib uns unsere Schuld. Im Schweiße deines Angesichts sollst du dein Brot essen. Das hat er als Heiliger anscheinend zu sehr beherzigt.

Mir ist fast entgangen, dass ich das 1950 angefangene Schachspiel noch lange nicht verloren habe. Man sollte die Flinte nie zu früh ins Korn werfen. Meine weiße Dame war unbezwingbar.

Ich schäme mich meiner Herkunft nicht. Keiner weiß, woher er kommt und wohin er geht. Daher werde ich es fortan nicht mehr zulassen, dass meine liebe Mutter ausgelacht, gekränkt, verspottet und mit Füßen getreten wird. Meinen Vater brauche und kann ich nicht verteidigen, er war klüger und viel stärker als ich, er war der unvergessliche Adolf Hitler.

1994 kam ich wegen des Grußes »Heil Hitler« vor den Staatsanwalt in Rottweil.

Auf dem Friedhof sagte ich ganz laut: »Der Hitler ist im Himmel und ein anderer durfte nicht rein.« Da nahm keiner Anstoß daran, obwohl Rottweil sehr katholisch ist. Es war ja auch Ostermontag. Etwas außerhalb außerhalb saßen zwei junge Damen. Aus circa dreißig Metern rief ich ihnen »Heil Hitler« zu. Da hörte ich nur, dass die eine Schwarzhaarige, sie hatte lauter Strähnen im Haar, zur anderen sagte, den zeige ich an. Vor den Kadi musste ich aber erst viel später. Obwohl ich gar nicht wusste, dass man das Wort nicht mehr in den Mund nehmen darf. Er ist doch in vieler Munde. Aber ein verrückter Idiot darf es nicht aussprechen. Armes, armes Deutschland, wo sind nur deine Soldaten geblieben?? Solche Büchsen dürften keine Sekunde mehr Luft atmen, weil das überhaupt nicht stimmte, was in der Anzeige stand. Ein schwachsinniger, religionswahnsinniger, beschränkter, gemeingefährlicher Idiot kann doch so nicht denken. Bei der Protokollaufnahme muss man ganz clever sein, sonst wird man von den Rädern der Staatsgewalt überrollt. Nun kann ich auch verstehen, warum viele ein Geständnis ablegen und es später widerrufen.

Die Katholiken sagen, sie haben den Heiligen Vater (Stellvertreter Gottes), die Muttergottes, viele Heilige und den Rosenkranz. Sie brauchen nur anzuklopfen und schon geht das Himmelstor auf. So einfach wird es sicher nicht sein.

Es heißt doch, eher geht ein Kamel durch ein Nadelöhr, als ein reicher ins Himmelreich.

An anderer Stelle: Arbeitet und betet ohne Unterlass. Oder: Den Himmel muss man sich verdienen. Umsonst ist der Tod und der kostet das Leben. Gott soll man mehr gehorchen als den Menschen.

Ich habe geschrien, geklopft, gebetet, gebettelt, gewettert, alles half nichts, mir wurde nicht aufgetan. Zuerst die Arbeit, dann der Lohn. Wisst ihr was Frieden ist, meinen Frieden gebe ich euch.

Meine Mutter ist in Friedenstal geboren. Hitler war auch da. Daher, egal ob Hitler oder Berg, Hauptsache, die Arbeit wurde ausgeführt.

Wer angibt, hat mehr vom Leben.

Macht die Türe hoch und die Tore weit, es kommt der Herr der Herrlichkeit.

Irret euch nicht. Gott lässt sich nicht spotten.

Früher hat man die Schwerkranken gefüttert, weil genug zu essen da war. Man kann doch die Menschen nicht verhungern lassen, sagte die Ordensschwester immer. Heute ist alles ganz anders, da lässt man die Leute 13 kg in drei Wochen abnehmen, obwohl neun Pfleger da sind, es sind acht zu viel, keiner macht sich die Mühe, das Essen war ja da. Einmal wird er schon essen. Wenn er stirbt, ist es auch nicht schlimm, laut Bundesminister Seehofer, es ist sowieso so wenig Geld da. Das geschah anno 1994, das war ja früher. Gestern ist ja bei vielen Leuten auch früher. Ja, das war ein schönes Weihnachtsfest. Die Schwestern und Pfleger jammern aber, wie sind wir im Stress. Ja, das sind Schwestern und Krankenpfleger, einen Schwerkranken erleichtern, ihn in die Ewigkeit begleiten, das tun wir nicht, wir haben ja so viele Ärzte und Pfarrer. Da ist aber oft auch keiner da, also heißt es: Winter ade.

Erschreckend ist für mich auch der Volkstrauertag verlaufen. Die Soldaten hatten gar keine Angehörigen. Der Pfarrer nannte sie quasi Mörder. Ich würde jedem Pfarrer empfehlen, der so etwas aus- spricht, tausend Kilometer in schlechter Winterkleidung bei minus 45 Grad Celsius zu marschieren und danach tausend Kilometer bei plus 45 Grad Celsius im Wüstensand, das wäre ein kleiner Vorge- schmack von der Hölle. Das schafften aber selbst die Soldaten nicht, obwohl sie alle Kräfte daransetzten. Mörder sind und waren ganz andere. Wer so gescheit und studiert ist und nichts weiß, der darf niemals das Maul oder den Mund auftun. Mich hat es gewürgt und die Tränen rannen.

Der Dritte Weltkrieg
wurde von einem Menschen gewonnen

Ich bin der größte Feldmarschall aller Zeiten.
Am 11. September 1950 erklärte ich unserem Dr. Konrad Adenauer, dem so überklugen heiligen Franz Josef Strauß und dem Papst den Krieg. Das war der Dritte Weltkrieg. Keiner merkte etwas davon. Er dauerte 51 Jahre und ich habe gewonnen.

Mein Reich komme. Mein Erbe ist Himmel und Erde. Der Mensch sei hilfreich und gut.

An das Ehrenmitglied der SPD
Dr. Hans Vogel
im Deutschen Bundestag – Berlin

Mein 1950 begonnenes Schachspiel wurde von mir gewonnen.
Einer gegen alle, alle für einen.
Ehrlichkeit währt am längsten.
Christi Blut und Gerechtigkeit.
Unserem aller Gott, seine Werke und seine allmächtige Schöpfung können nur wenige durchschauen. In den Schwachen ist der Herr mächtig.

Würden Sie bitte so freundlich sein und es auch dem Bundespräsidenten Rau zum Lesen vorlegen. Danke.

51 Jahre Krieg und keiner hat etwas gemerkt. Sie haben sich ja nur die Hucke voll gefressen und gesoffen, sind nur in den Urlaub gefahren und haben Feste gefeiert. Mir aber war es ganz schön mulmig zumute. Nach meinem Sieg müssen sich alle Schwarzen zurückziehen. Viel Steine gab's und wenig Brot. Das ist der Fluch. Von einem deutschen Amtsrichter. Der hat keinen Ton von mir gehört, und ich konnte ihn gar nicht wahrnehmen, weil ich vorher eine Betäubungsspritze bekam. Dann konnte der liebe Professor an sein Werk gehen. Ich wurde zu einem Wrack gemacht. Nach dreimal elektrischem Stuhl und einer Insulinkur nahm ich 42,5 kg zu und der Geist war völlig weg. Geht es mir da heute nicht gut? Was sollte ich nur machen, mein Vater konnte nichts machen, ich war krank und weil ich eine Gefahr für die Bevölkerung war, musste ich im Krankenhaus bleiben. Da war ich dann auch 39 Jahre gut aufgehoben. Alles ist vergänglich, auch Zuchthaus lebenslänglich. Aber liebe Leute, aus der Hölle kommt ihr nimmer raus. Brennend heiß ist der Wüstensand. Wer soll dann ein Verbrecher sein. Die Harmlosen werden eingelocht und die wahren Verbrecher belohnt. Das darf doch wohl nicht sein. Der Berg hatte sie alle in die Pfanne gehauen.

Ich bin ein kleines bisschen stolz, den Dritten Weltkrieg zur Ehre Gottes und unseres deutschen Vaterlandes gewonnen zu haben. Es war eine verdammt lange Zeit, 50 Jahre dem Herrn als Soldat zur Verfügung zu stehen.

Mein Name ist auch Herr, aber kein Kohl.

Mein Name ist Hochwürden von Berg, der Himmel und Erde gemacht hat.

Mein Name bürgt für Qualität.

Oder glauben Sie nicht an eine Auferstehung?

GOTT DER ALLMÄCHTIGE
WAR STETS MEIN BESTER FREUND

Lieber Ludwig!

Dein Vater schimpfte 1950 immer über die Schwarzen. Dem musste ich ein bisschen auf den Grund gehen. Dein Vater musste es ja auch wissen. Er war Soldat und wurde auch schwer verwundet. Das Vaterland bedankt sich bis heute noch dafür. 1968 machte ich eine Pilgerfahrt mit dem Fahrrad nach Nürnberg. Dort machte ich eine Pause in einer Gaststätte, weil ich Hunger hatte. Es gab aber nur Maßkrüge, dann zahlte ich aber ganz schnell, obwohl ich nichts getrunken hatte. Zum Abschluss sagte ich dann, sind das die Methoden des heiligen Franz Josef Strauß in Bayern. Auf der Rückreise sagte ich dann vor einer größeren Menge, der staatliche geprüfte Irrenhäusler sagt, der Papst ist der Größte. Keiner schoss zurück. Auf einmal sagte einer, du bist doch auch ein Deutscher, ein Volksdeutscher. Nach längeren Erläuterungen und Erklärungen sagte die ganze Menge vereint, am Tag der offenen Tür kommen wir alle zu dir. Ich dachte, sie wollten alle ins Rottenmünster kommen, aber in der Herberge wäre doch nicht so viel Platz gewesen. Jetzt lebe ich neuneinhalb Jahre in Freiheit, aber ich muss mir immer noch anhören: du schwachsinniger Idiot. Ich sage aber, bei Gott gibt es keine Dreiklassensystem. Bei Gott stehen sogar Idioten auf dem ersten Rang. Seit 1950 halte ich drei Weltrekorde. Da hast Du mich noch gar nicht gekannt.

Lieber Herr Verwaltungsdirektor Birner!

Ich wünsche Ihnen ein frohes Weihnachtsfest.

Ist das nicht schön, wenn man das aus dem Munde einer ehr-
würdigen Schwester hört, mit der man vor über dreißig Jahren in
der Küche gearbeitet hat. Da kann dir niemand nachsagen, dass du
etwas Verbotenes getan hast. Sie sind mir auch immer gut gesinnt
gewesen und haben immer freundlich gegrüßt. Es heißt immer, wir
haben keine Zeit und uns ist so viel Zeit geschenkt worden. Mit
vielen Ihrer Angestellten habe ich schlechte Erfahrungen gemacht.
Normalerweise ist der Patient König und Ihr Brötchengeber. Viele
sagen aber, guckt was bin ich und was seid ihr? Auch wenn sie sich
vielleicht auf dem Holzweg befinden. Dafür kann ich doch nichts,
dass meine Eltern durch den Krieg bettelarm wurden und ich nur
sechs Jahre in die Hilfsschule gehen konnte. Ich sage halt immer,
ich bin im Rottenmünster geboren, deswegen halte ich mich auch
so oft dort auf. Warum müssen manche Menschen so grausam mit
ihren Mitmenschen umgehen? Bei Gott gibt es auch kein Dreiklassensystem.

Also ein frohes Weihnachtsfest wünscht Ihnen ein ehemaliger
Patient.

Sehr geehrte ehrwürdige Schwester Servanda!

Der Herr, der Himmel und Erde geschaffen hat, verlangt nur das von uns, wozu wir berufen sind. Wir sollen Gott mehr gehorchen als den Menschen. Ehre gebührt dem, der es verdient hat. Vor dem Herrn braucht man gar nicht in die Knie zu gehen. Ohne Kirche kann man leben, aber ohne Gott nicht. Viele Wege sind seltsam, aber können auch trefflich fein sein. Wer auf dem falschen Weg ist, muss auch umkehren können. Sie haben sich immer bemüht, Ihre Patienten gütig zu behandeln. Auch ein Kranker und Schwachsinniger ist immer noch ein Mensch. Bei Gott gibt es keine Zweit- und Drittklassemenschen. Bei Gott stehen alle auf dem ersten Rang. Das sehen nur viele Menschen nicht ein.

Ein frohes, besinnliches Weihnachtsfest wünscht Ihnen Ihr ehemaliger Patient.

Ich bin der Herr, Dein Gott,
Du sollst keine anderen Götter neben mir haben.

Ich bin der König,
hinaufgestiegen in den Himmel.
Ich bin der König.

Hinabgefahren zur Hölle,
ich bin der König.

Alles ist vergänglich,
auch Zuchthaus lebenslänglich.
Nur aus der Hölle kommst du nimmer raus.
Ich bin der König.

Das Sterberecht bleibt.

Leben wir, so leben wir dem Herrn,
darum wir leben oder sterben sind wir des Herrn.
Ich bin der König.

Ich taufe und traue dich im Namen des Herrn,
der Himmel und Erde gemacht hat.
Wir kennen uns nicht und wir sollen uns lieben.
Du bist doch die Königin, ich kann dir nur gehorchen.
Ich bin der König.
Ich soll Königin sein und habe kein Bett und kein' Tisch.
Ich kann nicht kochen,
soll uns der Herr etwa ernähren, wie die Vögel unter dem Himmel.
Ich habe ein Bett für dich und ein' Tisch dazu.
Du Königin von Baden-Württemberg.
Ich bin der König.
Das Essen kann man auch kaufen oder man kriegt es auch geschenkt.

Ich bin der König.
Verrückte brauchen erst gar nicht in den Himmel zu kommen,
sie sind ja schon dort.
Ich bin der König.
Wenn einer sagt, er spricht mit Gott,
dem glaube ich nicht.
Gott spricht mit mir und dir.
Ich bin der König.
Edmund, du bist unser König.
Ich bin 57 Jahre und habe noch nie einen Mann geküsst,
weil ich Angst habe.
Ich bin der König.
Du bist unser aller König.
Du hast mich errettet, du hast mich erlöst.
Ich bin der König.
Frage deinen Gemahl, ob er dich mag.
Ich bin der Papst und der König zugleich.
Ich bin der König.
Liebling, komm küss mich das erste Mal.
Ich bin der König.

Ich hatte nie einen starken Ehrgeiz, betrachtete alles nur als Spiel. Seit mich 1962 ein Amtsrichter für einen Geisteskranken, Schwachsinnigen, Religiöswahnsinnigen, Gemeingefährlichen hielt, entwickelte ich Ehrgeiz und machte Schulaufgaben in Religion und Politik, um dem so guten Amtsrichter eins auszuwischen. Erwischt wird ein jeder bei unlauterem Wettbewerb. Ein Schlag genügt und alles ist vorbei. Auch ein Landstreicher hat ein Anrecht auf eine Wohnung. Es gibt ja so viele Villen, die nicht ausgenutzt sind. Wer kann auf Besitztum pochen, wenn es ihm gar nicht gehört. Meinem Bruder wollen sie ja auch alles wieder wegnehmen, weil ich und seine Schwester geisteskrank sind. Das kann doch wohl nicht ganz stimmen, was der Notar sagte. Also war alle Mühe und Plage umsonst. Folgerung: es wird bei allen gleichgetan.

Nur eins hat noch niemand ausgesprochen, ich wäre größenwahnsinnig. Hatten sie doch Respekt oder Angst vor der Leistung. Da blitzten doch zu viele Dinge durch, was die Menschen nicht fassen konnten.

Liebe Schwester Oberin, wir wollen nur Hochzeit halten zur Ehre Gottes. Die ehrwürdige Schwester Servanda muss mich missverstanden haben, oder schämt sie sich vor mir? Eigentlich müsste sie mich ein bisschen kennen. Ich war zehneinhalb Jahre bei ihr auf der Station. Sie hat meine Briefe so oft gelesen. Vor Gott kann sich niemand verstecken oder davonlaufen. Wie Sie aus meinen Berichten entnehmen können, bin ich einer anderen versprochen, die wie ich aus der Unterschicht stammt. Sie hat große Angst und Respekt vor der höheren Schicht. Wir kennen uns schon 14 Jahre, sind aber noch nie ausgegangen. Ja, wenn nur nicht diese Angst vor den törichten Menschen wäre. Wäre es nicht schön, zur Ehre Gottes gemeinsam Hochzeit zu halten. Sie ist eine große Verehrerin des Heiligen Vaters. Sie hat jetzt nach sechzig Jahren noch nie einen Mann geküsst. Wer soll da reiner sein als eine Jungfrau. Man braucht doch nur die

Gebote zu beachten und zu halten. Auch ich musste Gott respektieren und ihm danken. Er hat mir das Licht der Welt geschenkt. Keiner weiß, woher er kommt, keiner weiß, wohin er geht. Größer als Gott kann keiner sein. Hier bin ich, so bin ich gestorben. Ich habe alles in Gottes Hände gelegt.

Briefe an den Heiligen Vater

Der Papst bot mir 1960 am 6. November drei Millionen gegen 138 Quadrillionen Mark, Dollar, Gold und Kunstschätze an. Ich war noch jung, 22 Jahre, hatte dagegen nur meinen Kopf zu setzen. Alles oder nichts und siehe da, was kam nach 45 Jahren Irrenhaus heraus: »Alles«. Als Schüler wusste ich schon mehr als alle Pfarrer unserer Gemeinde. Aber den bitteren Kelch musste ich an mir vorübergehen lassen. 45 Jahre sterben und leben musste ich schlucken und verdauen. Aber alles haben und nichts damit anfangen können, ist viel schwerer als gar nichts zu haben. Dem Papst habe ich angeboten, den Hungermord in der Dritten Welt zu stoppen, er nahm nicht an. Aber er vergaß, dass ein Toter noch mehr für seine Schulden zuzahlen muss. Wenn der Tod von Ewigkeit zu Ewigkeit dauert, wie lange ist das? O arme Welt, alles will in den Himmel, aber seine Schulden will keiner zahlen. So will es wohl auch keiner haben. Nur gelobt sei Jesus Christus sagen, Feierabend. Ohne Kirche kann man leben, ohne Gott aber nicht. Es ist nur einer auferstanden. Habt ihr den Stern nicht gesehen? Ihr müsst alle einmal sterben, damit ihr auferstehen könnt.

Gehorchen von Geburt bis zum Tod und Gott dienen müsst ihr allemal, um das Ziel zu erreichen.

Ist das nur Gottes Geschichte und Gottes Reich, oder lässt er nur die ganze Menschheit daran glauben?

Meine Frage an den Heiligen Vater:
Was ist das kleinere Übel? Verhüten oder den Hungertod gewähren lassen? Alle sieben Sekunden stirbt ein Kind den Hungertod. Wer nie aus dem Blechnapf fraß, der weiß auch Reichtum nicht zu schätzen.

Wie kann das der Heilige Vater mit seinem Gewissen und seinem Glauben vereinbaren? Im Katholischen Blättchen stand geschrieben, im Vatikan lagern
138 Quadrillionen DM
138 Quadrillionen Dollar
138 Quadrillionen in Gold
138 Quadrillionen in verschiedenen Währungen
und Kunstschätze in unbezahlbarem Wert.

Wie viele Priester und Kardinäle missbrauchen Kinder und zeugen Kinder? Was habt ihr Gott gelobt und versprochen? Du sollst nicht ehebrechen, das predigt ihr doch. Gott muss sich auch an Spielregeln halten. Das geht nicht, zu sagen, wir sind Ehrenmänner, uns glaubt man mehr als euch. Als der Heilige Vater etwas dagegen unternehmen wollte, hieß es gleich, der Heilige Vater soll zurücktreten. Das weiß aber auch der Heilige Vater, man muss Gott mehr gehorchen als den Menschen.

Der Heilige Vater bleibt, nur die vielen kleinen Päpste müssen sich ändern. Die Herren müssen wieder glaubwürdiger werden. Es gibt nur eine Heilige Kirche.

Jeder Dumme, Schwache, Behinderte, Kranke hat ein Recht zu leben und sollte nicht am Hungertuch nagen, nur weil es andere so haben wollen. Auch wir sind gerettet durch Christus, unseren Bruder, der für uns gekämpft und gewonnen hat.

Appell an den Heiligen Vater und andere Religionsgruppen, auch an alle Politiker. Es lebe unser König.

Wir danken unserem Boxer und Soldat Edmund Berg, der für uns alle das Himmelstor aufgestoßen hat.

Ich bin ein dummer Deutscher,
  kann kein Latein, Englisch, Französisch,
  Italienisch oder sonst eine Sprache,
  außer Schwäbisch.

Ja, wenn das wahr ist. Es ist uns alles nur von Gott geliehen. Dann ist es auch von mir berechtigt, diesen Ton einzuschlagen. Eher geht ein Kamel durch ein Nadelöhr, als ein Reicher ins Himmelreich. Ja, es darf jeder wählen, Himmel oder Hölle. Man muss nur bedenken, im Himmel und in der Hölle muss man länger leben. Wo bleiben diese, die immer noch mehr Bildungen, aber bitte nicht für die Dummen und Hilflosen, fordern. Das ist die Auffassung der hohen Herren und Damen. Gottes Rechnung lautet aber anders.

Was heißt Jubel, Trubel, Heiterkeit.

Meine Mutter wurde 90,5 Jahre, mein Vater 76 Jahre, die hatten nie eine Freude, konnte nicht mal gebührend Geburtstag feiern; meine behinderte Schwester feierte 68 Jahre und ich Irrenhäusler 65 Jahre keinen Geburtstag. Aber der, der den höchsten Thron errungen hat, der wird auch ein Wörtchen mitzureden haben. Freunde sollen wir doch alle sein.

Der Auferstandene, Herr Edmund Berg.

Dies ist er mir auch schuldig geblieben. Der katholische Pfarrer regte sich so darüber auf, weil mein Vater die Bibel nicht auswendig konnte. Ja, da meinte er, da könne man nichts machen, da könne man auch nicht in den Himmel kommen. So blöd können nur Studierte daherreden. Mein Vater konnte weder lesen noch schreiben oder rechnen, dann sagte der Herr, er hätte jemand anstellen müssen, der ihm geholfen hätte, die Bibel auswendig zu lernen.

Meinem Vater ist die Tochter verhungert. Ich musste auch dazu beisteuern, dass meine behinderte Schwester und schwerkranke Mutter etwas zu essen hatten. Mit acht Jahren nehme ich doch an, ist man noch ein Kind. Erst den ganzen Zweiten Weltkrieg mitmachen und dann diese Bescherung. Wie schnell wäre seine ganze Familie ausgelöscht und der Pfarrer meinte, mein Vater solle die Bibel auswendig lernen. Ich beherrschte mich aber und sagte nur: »Mein

Vater ist im Himmel, aber ob Sie reinkommen, steht auf einem anderen Blatt.« Da putzte er ganz schnell die Platte. Am nächsten Tag sagten drei Pfleger, wie sprichst du mit unserem Pfarrer? Er ging mir über zwei Jahre aus dem Weg, erst dann grüßte er mich wieder. Wenn ich geistig unterbemittelt bin, dann hätte er es auch früher vergessen können.

Briefe an unsere Pfarrerin

Es gibt nur die eine heilige, christliche, evangelisch-lutherische Kirche.

Alle anderen sind an Gott gescheitert.

Wer nicht auf dem richtigen Weg ist, muss in Gottes Namen umkehren.

Liebe Annegret Rettenmaier,
ich kröne Dich und ernenne Dich zum Oberhaupt der evangelisch-lutherischen Kirche.

Auf die Hilflosen und Schwachen muss man zukommen.

Der Herr sei Dir gnädig.

Du hast immer gezeigt und gesagt, das kommt von oben.

GOTTESREICH

Ewiger Frieden
Ewiges Leben

Früher war es so
geregelt, dass er seine
Frau gebrauchte.

Heute ist alles so
verzwickt, dass alles
durcheinander fickt.

Den Geisteskranken und
Irrenhäusler wird so
etwas entzogen.

Die einen schlagen sich
auf die Brust und sagen
wir sind christlich,
wir bewegen noch etwas.

Die anderen sagen, was
brauch ich Gott, ich bin
ja Kaiser.

Da hört doch die Groß-
zügigkeit auf.

Menschliches Leben
genannt, Christen,
Götzendienst, Mörder,
den König stecken sie
einfach 45 Jahre in
den Kerker. Das ist weit
über der Todesstrafe.

Ich bin der Herr,
Dein Gott,
Du sollst keine Götter
neben mir haben.

Ich bin hinauf-
gestiegen in den
Himmel.
Hinabgestiegen in
die Hölle.
Wir sind versöhnt,
ich bin euer Bruder.

Liebe Frau Pfarrerin Rettenmaier!

Ich habe mich gerne verspotten lassen. Aber ich wusste immer, zum Schluss schieße ich scharf. Einem Soldaten, der Kot gefressen und Urin getrunken hat, damit er überlebt, haben wohl solche Hosenseicher nichts zu sagen. Andere klopfen sich vor die Brust, wir sind schwarze »Christen«. Ausgerechnet die sagen, dass Soldaten Mörder sind. Aussehen tut es aber anders. Sie sind die Mörder.

Drum gehet hin zur Urne und wählt das Ehrenmitglied Dr. Professor Heuß.

F.D.T.

Oder die Grünen, die besser für die Umwelt und Gesundheit sorgen.

42 Jahre Höllenqualen sind nicht menschenwürdig; das alles durchzustehen ist kein Honiglecken. Jetzt geht es aber daran zu kassieren, damit andere leben können. Wie kann ein Seehofer unser tägliches Brot nehmen, das wir schon längst bezahlt haben. Wie kann ein Franz Beckenbauer sagen, was brauche ich Gott, ich bin ja Kaiser.

Liebe Frau Pfarrerin!

Nun habe ich Sie schon ein paar Mal gehört. Sie sprechen eine ganz andere Sprache, als mancher Ihrer Kollegen. Ich hatte mal einen starken Glauben, der ist jäh zerstört worden. Meine Meinung ist, keiner ist mehr wert als der andere. Jeder Mensch hat eine Gabe geschenkt bekommen und jeder sollte seine auch erfüllen. Der eine kann besser Lesen, der andere besser Rechnen oder Malen, oder was es immer sein mag. Wenn ich auch nicht allzu lange in die Schule ging durch den Krieg, aber zum Lohn ausrechnen am Zahltag reicht es immer. Ich habe das tägliche Brot nicht verdient. Andere haben keine Schulausbildung und haben solch ein handwerkliches Geschick. Unser Pfarrer hat gesagt, wer die Bibel nicht auswendig kann, der kann nicht in den Himmel kommen. Unsere Ordensschwester sagte, da wird mancher staunen, wer sich den Himmel verdient und dort anwesend ist. Wer hat nun Recht, der hochgepriesene Hochwürden oder die demütige Schwester? Meine Meinung ist: Hochwürden kann sich nicht alleine reserviert haben. Für ihn alleine würde es sich niemals lohnen, den Himmel zu heizen. Irgendwo muss das doch stehen, keiner soll hungern oder frieren. Ein junger Pfarrer, 29 Jahre, betonte bei jeder Gelegenheit, alles Wissen ist besser, als etwas zu tun. Das ist nicht meine Aufgabe. Was kann ein solcher Eingebildeter schon wissen. Mit welcher Berechtigung darf er über eine alte Frau herfallen, die zwei Weltkriege durchstanden und neun Kinder zur Welt gebracht und alle großgezogen hat? Sie sagte nur, sie hätte keine Sünde, sie könnte jederzeit sterben. Der gute Mann muss mehr wie Gott sein. Er konnte sich nicht beruhigen und ließ keinen guten Faden an der armen Frau. Vielleicht hatte die arme Frau doch Recht, wenn sie mit Gott im Reinen war. Das war das größte Stück, das ich je erlebt habe. Dass sich so etwas Pfarrer nennen darf, ist unverständlich. Im Krieg wäre er zu Recht standrechtlich erschossen worden, wenn er seine Kameraden im Stich gelassen hätte. Er sagt aber, ist nicht meine Aufgabe. Kennt er die Bibel? Wenn ich auch nicht lesen kann, aber ich habe schon erfahren, dass dort etwas anderes steht. Bete und arbeite, oder: Im Schweiß deines Angesichts sollst du dein Brot essen. Wenn er alles wissen will, müsste er doch davon auch schon gehört haben. Meine Schwester ist im Zweiten Weltkrieg verhungert. Der Pfarrer sagt, das ist nicht schlimm, aber sie konnte die Bibel auch noch nicht auswendig. Andere nennen sie wieder Märtyrer und sprechen sie heilig. Können Sie mir helfen, wie man so etwas vergessen kann, ich komme schon jahrelang nicht darüber weg. Ich tröste mich immer damit, du bist ja nur ein armer, dummer Irrenhäusler.

Liebe Frau Pfarrerin!

Wer in die Grube des Satans geht, der muss auch etwas einstecken können. Man muss im Leben auch auf etwas verzichten, viel Geduld haben und warten können. Ich bin zu der Erkenntnis gekommen, so leicht stirbt man nicht, wenn Gott will. Wie kann es immer wieder zu solchen wunderbaren, für einen Menschen unbegreiflichen Rettungen kommen. Auch gute Menschen gibt es überall. Aber ist das nicht grausam, wenn man keine Rücksicht auf seine Mitmenschen nimmt. Wer nicht auf dem richtigen Weg ist, muss auch umkehren können. Das Ziel war so nahe und doch so fern. Immer wieder stürzte alles zusammen und die Arbeit musste von vorne beginnen. Wer den Himmelsschüssel hat, der braucht nicht anzuklopfen, es ist schon alles gerichtet. Viele sagten, auch du wirst vor dem Papst in die Knie gehen und um Gnade und Verzeihung bitten, ich tat es aber nicht. Ich habe den höchsten Sieg errungen, ich habe den Satan besiegt und den Himmel erobert. Mein Kampf war nur, herauszufinden, ob der Papst wirklich der Stellvertreter Gottes ist. Meine weise Königin war unschlagbar. Warum ist man mir immer böse, wenn ich sage, Freunde sollen wir alle sein. Christus lädt doch alle ein. Einige sagten, du bist gewalttätiger als der Hitler, andere sagten, du hattest ein leichtes Spiel, du hattest ja einen Vater im Himmel.

Liebe Frau Pfarrerin!

Anstand und was dazu gehört, habe ich nie gelernt. Wenn man von der untersten Schicht stammt, kriegt man so etwas nicht mit. Aber was Gott mir gab, kann mir niemand nehmen, die Bescheidenheit und Großzügigkeit. Irgendjemand hat doch versprochen, keiner soll hungern oder frieren.

Sie haben doch auch schon gesagt: Kommt her, es ist alles bereit.

Nun liebe Frau Pfarrerin, mit Volldampf voraus, läuten Sie eine neue Ära ein. Doof und verrückt darf man schon sein, es muss nur Hand und Fuß haben. Mehrere Katholiken sagten, wir wissen, ihr seid stärker als wir. Ihr könnt das Wetter machen und Tag und Nacht, das können wir nicht. Eins haben wir aber auch, wir sind die größte Organisation, haben das meiste Geld und Goldschätze. Darauf antwortete ich, Glauben ist Glückssache.

Liebe Frau Pfarrerin, mein größter Wunsch wäre, wenn Sie einfach dem Papst den Rang abschneiden würden. Die Herren haben wir fortgeschickt, wir haben selber gearbeitet. Sie können ja auch nach meiner Vorgabe arbeiten, Verbrecher sind nur die, die wissentlich alles falsch machen. Den Unwissenden kann der Teufel nichts anhaben. Was hilft das, wenn man auch hundertmal den Rosenkranz betet, rein gar nichts.

Liebe Frau Pfarrerin!

Ich hatte kein Buch zum Nachschlagen, wie so hochgeschulte Gelehrte. Aber der Herrgott hat mir einen Kopf geschenkt. Mit den Augen und den Ohren darf man bekanntlich stehlen. Schon manch einer staunte, wo hat er das nur her. Er ist doch kein Zeuge Jehova, kein Katholik und gehört keiner fanatischen Sekte an. Liebe Leute, der Krieg war lang. Wenn jemand vor einer großen Menge Menschen sagen kann, der Papst ist der Größte, muss er es belegen können, oder er muss etwas wissen. Ja, wenn der liebe Krieg nicht gewesen wäre und so viele so reich, dann bräuchte niemand vom hohen Ross zu steigen und den Hungernden etwas abgeben. Irgendjemand hat gesagt, es ist für alle etwas da. Es darf doch nicht wahr sein, einer der nichts tut und sagt, wenn ich nicht in den Himmel komme, wer soll dann in den Himmel kommen? Der Zweite Weltkrieg war grausam, der Dritte aber viel vernichtender und fast jeder hat etwas gemerkt. Der Zweite Weltkrieg war für mich auch lehrreich. Ich durfte ein außergewöhnliches Schauspiel erleben. Ein Soldat sagte zu mir, schau, so wird die Himmelstür geöffnet. Das war ein unbeschreibliches und unvergessliches Erlebnis. Daraus schöpfte ich all meine Kraft und den Glauben an Gott. Nur einmal geriet ich in Gefahr, am 10. August 1970. Ein paar schwarze Ärzte wollten mir das Geschlechtsteil abschneiden. Wer sind da die Mörder, der Soldat oder die Schwarzen?

Liebe Frau Pfarrerin!

Gott hat kein Telefon und ich auch nicht. Ein Handy erreicht Gott auch nicht, trotzdem gibt es Kontakt mit Gott, das Zwiegespräch. Das klappt nicht immer. Gott hat nicht immer Sprechstunde. Es heißt ja, du sollst Gott nicht unnötig ansprechen, man kann ja auch selber etwas tun. Er ist auch bei dir, wenn er dich auch nicht gerade erhört. Bei mir geht es genauso, viele Leute wussten, wer ich bin, ohne dass ich mich vorstellte. Man braucht sich auch nicht zu rühmen. Man darf aber, wenn man den Dienst Gottes antritt auch sagen: Hier bin ich, Gott ist ja auch für mich da.

Liebe Frau Pfarrerin, aus Ihrem Munde habe ich noch nicht gehört, dass Sie sagten, du bist ein Verrückter und du spinnst. Eins muss ich gestehn, Sie machen Ihre Sache gut. Sie kommen auf die Menschen zu. Was braucht man so viel Firlefanz zu machen. Der Geisteskranke muss nur spüren, die Frau Pfarrerin ist für mich da und verteidigt mich. Auch das ist die Pflicht eines jeden Christen oder Menschen, einen Kranken zu grüßen. Das habe ich immer gehasst wie die Pest. Grüß Gott, Herr Berg, und die anderen sieben Mitbrüder gingen leer aus. Die gehören einfach bestraft. Von Martin Luther weiß ich nur so viel, dass er eine Nonne zur Frau nahm. Das fand ich gut, das war super. Ob er Kinder hatte, weiß ich nicht, das habe ich nie gehört. So dumm bin ich. So lange wie Sie hat mich noch niemand angehört.

Liebe Frau Pfarrerin!

Schon so lange haben wir uns nicht mehr unterhalten. Sind Sie mir nicht noch etwas schuldig? Sie haben mir noch keine Antwort auf all meine Briefe gegeben. Denken Sie auch, dass ich ein schwachsinniger, wahnsinniger, verrückter Idiot bin? Sie sind ja noch nicht lange hier. Als Sie kamen, setzte ich mich schon zur Ruhe. Man muss schon etwas tun, um in den Himmel zu kommen. Bei unserer ersten Besprechung stutzten Sie schon ein wenig, als ich Ihnen offenbarte, dass ich Hitlers Sohn bin; als ich sagte, er darf doch auch einen Nachfolger haben. Nehmen Sie es ganz tapfer und natürlich zur Kenntnis. Zu mir sagten viele Kameraden, du bist gewalttätiger als Hitler und wussten gar nicht, mit wem sie sprachen. Dann trat ich den bitteren Gang an. Was ist Sünde? Sünde gibt es gar nicht, das ist nur eine Täuschung. Jeder gräbt sein Grab selber. Der Himmel kostet auch sehr viel Geld. Es soll ja auch alles schöner sein als auf Erden. Um dahin zu kommen, muss sich einer schon mächtig ins Zeug legen.

Der Stadtpfarrer sagte am Volkstrauertag, die Soldaten wären Mörder. Aber was taten sie in Wirklichkeit, nur ihre Pflicht. Schwerstarbeit. Sie erfroren und vergossen ihr teures Blut. Was machte der gute Pfarrer, saß hinter dem Ofen und ließ sich bedienen und so was nennt einen Soldaten Mörder.

Liebe Frau Pfarrerin!

Mein Hochzeitsgeschenk an Sie. An irgendeiner Stelle nannte ich Sie Königin. Aber wir wollen ja nur ganz normale Menschen sein. Sie wissen jetzt schon viel von mir und ich von Ihnen nur, dass Sie Pfarrerin sind. Aber eins habe ich aus dem Kirchenblättchen erfahren, obwohl viele sagen, ich könnte nicht lesen, dass Sie sich vermählt haben. Oder ist es nur eine Täuschung, haben Sie eine Doppelgängerin?

Ja, liebe Frau Pfarrerin, ich bin zeit meines Lebens überall nur ein schwachsinniger, wahnsinniger, verrückter Hund oder Affe. Darum hatte ich auch ein leichteres Spiel als Sie. Einen Verrückten steckt man einfach hinter Mauern.

Liebe Frau Pfarrerin, möchten Sie die Leiter nicht ein wenig höher steigen?

Gehen Sie einfach hin zu Ihren Kirchenfürsten und sagen, Sie sind Jesus und Gott begegnet, er hat sich unter das Fußvolk gemischt. So einfach ist das kleine Einmaleins. Dem Menschen wird so viel genommen und so wenig gegeben. Die Freiheit ist nur im Himmel grenzenlos.

Liebe Frau Pfarrerin!

Vielen Dank für Ihre schöne Predigt mit Abendmahl. Es waren gerade viele Katholiken dabei und die fanden es alle wirklich gut und schön. Nur ich schäumte etwas über, dass Sie beim Abschied vor Schreck zwei Schritte zurückgingen.

Ich bin zweifacher Selbstmörder. Nun weiß ich ganz sicher, dass es einen Gott gibt. Aber Sie müssen mir doch beistimmen, dass es schwieriger ist, auf das Hochhaus von Daimler-Benz ohne Hubschrauber zu kommen als herunter. Viele sagten, das ist ein Selbstmörder, die anderen sagten, guck den Himmelsstürmer an. Sie haben dreimal die Wahl.

Das zweite Mal sprang ich ohne einen Meter schwimmen zu können in einer eisigen dunklen Winternacht in die Schleuse bei Untertürkheim, weil ich weder ein noch aus wusste. Gott wusste einen Ausweg, er rettete mich auf seltsame Weise. Er ließ mich circa dreißig bis vierzig Meter schwimmen und auf einmal strandete ich an einer schmalen Leiter. Sonst war alles nur Beton. Dann schleppte ich mich zur Polizeiwache.

Danach nur noch Irrenhaus. Dort gab es nur Medizin, Spritzen, Prügel und ab in die Zelle.

Liebe Frau Pfarrerin!

Aus Ihrem Munde hörte ich als erste gebildete Frau: »Herr Berg, Sie sind Jesus Christus, Keuschheit.« Was wurde mir aber alles angetan? Ich wurde ausgelacht, verhöhnt, verspottet und gequält, ich war tot und bin wieder lebendig geworden.

Es heißt aber doch: Liebe Deinen Nächsten wie Dich selbst.

Einer muss sich doch in Politik und Geschichte auskennen.

Nach dem verlorenen oder gewonnenen Krieg kommt das Königreich.

Sich dümmer stellen als man ist, das ist erlaubt.

Es war ein schwerer Weg.

Liebe Frau Pfarrerin, ich bedanke mich, dass Sie mich erkannt haben.

Liebe Frau Pfarrerin!

Soll das der Abschied für immer sein? Ich dachte, Sie haben mir mal angeboten, wenn es mir ganz schlecht geht, zu Ihnen zu kommen. Jetzt bin ich wieder gesund und kann schlafen. Ja, liebe Frau Pfarrerin, wenn Sie meinen, dass ich als Kranker Ihren Ruf schädige, müssen wir uns in Zukunft aus dem Wege gehen. Erstens würde ich nie einer verheirateten Frau oder einer anderen zu nahe kommen. Sonst könnte ich auch nicht heiliger als der Papst sein. Also, der Herr Anders, die Pfleger und Schwester sagten, ich soll in die Klinik, auch Sie meinten es, ich ging aber nicht. Es hat mich sehr gefreut, Sie kennen gelernt zu haben. Ich halte große Stücke auf Sie und habe Sie immer gelobt. Sie waren mir immer eine angenehme Ansprechpartnerin. Entweder habe ich Sie falsch verstanden, weil ich so krank war, oder Sie haben es nicht so gemeint? Sie haben Hilfe angeboten, wenn ich mal in seelischer Not bin, ja, das ist sehr schön, wenn ein Mensch offen ist. Aber gutes Ansehen und viel Profit gibt den Menschen mehr Halt, als anderen aus tiefer Not zu helfen. Liebe Frau Pfarrerin, ich bin Ihnen keineswegs böse. Sie haben mir einiges gegeben, ein bisschen Gehör und Vertrauen. So viel Zeit haben Sie ja auch nicht wie ich. Außer Ihnen konnte mir nur mein starker Glaube an Gott helfen. Mein Gott ist ein starker Gott. Da gilt nicht, wir sind Ehrenmänner, uns glaubt man mehr als euch.

Auch der junge Pfarrer, der von Tuten und Blasen keine Ahnung hat, sagt, alles Wissen ist besser, als etwas zu tun. Das sind doch Verbrecher, was weiß der schon. Der hat doch noch keine Mark selber verdient und spuckt solche Töne. Genauso der Herr Papst. Ich glaube, ich habe schon vier Päpste überlebt. Aber wie heißt es, man soll Gott mehr gehorchen als den Menschen. Wenn es nach den Worten des jetzigen Papstes ginge, wäre die Menschheit so gut wie ausgestorben. Er sagte auch, solang er lebt und fünfzig Jahre danach gibt es keine Priesterin. Wie kann ein Papst so töricht sein und sich so etwas herausnehmen und so etwas sagen. Hat er Angst vor der Konkurrenz? Hat er überhaupt nichts gelernt? Ist er nicht viel gescheiter als einer der aus den Slums stammt? Eine Frau braucht doch viel mehr Kraft, um sich durchzusetzen und zu überzeugen. Eine Frau ist doch viel stärker als der Papst. Der Papst und seine Konsorten können zwar ein Kind zeugen, aber niemals gebären, es aufziehen und ernähren oder es nicht in der Verdammnis umkommen lassen. Ich bin klein, mein Herz ist rein, es soll niemand drin wohnen, als Jesus allein. Hier bin ich, dir lebe ich, dir sterbe ich und für dich kämpfe ich mein Leben lang. Du bist mein Stern.

Lieber Herr Dr. Vogel!

Am Karfreitag sollten wir meinen langen Weg beenden. Als deutscher Bundestagsabgeordneter haben Sie die Ehre, dem deutschen Volk zu verkünden, was Rottweil für ein Genie besitzt. Im Kampf einer gegen alle versetzte er Berge. Was für einen gewaltigen Schachzug tat er. Er wollte nur eine Braut des Herzens suchen, die Königin des Friedens. Er war Soldat und einen besseren Kameraden findest du nicht.

DER NEUE REFORMATOR

E s ist keine Weltsensation, es ist die reine Wahrheit. Christus ist wahrhaftig auferstanden.

Er ist ein Rucksack-Deutscher. Der Sohn des Landwirts Immanuel Berg und seiner angetrauten Ehefrau, Martha Beck. Ich wurde am 16.3.1938 in Neu-Arzis, Kreis Ackermann, Bessarabien geboren. Unsere Vorfahren stammen aus dem Schwabenland. Also ein Donauschwabe. Ich glaube an den heiligen Geist, an die eine heilige christliche Kirche, Gemeinschaft der Heiligen und Auferstehung der Toten. Ich war tot und bin wieder lebendig geworden. Ich sprang dem Teufel fünf Mal von der Schippe. Ich bedanke mich bei der Heiligen Jungfrau, die mich durch die Schwester Oberin in Untermarchtal vor dem sicheren Tod gerettet hat. Zwei Herren wollten mir das Geschlechtsteil entfernen. Die höheren Herren schafften es aber nicht ganz. Es fehlten ihnen fünf Minuten. Die Schwester Oberin oder der Herrgott waren schneller. Gelobt sei die Heilige Jungfrau. Nun habe ich allen als schwachsinniger Religionswahnsinniger den Rang abgelaufen.

Mein Erbe sind Himmel und Erde.

Daran können alle teilnehmen, die an Gott, den Allmächtigen glauben und an seinen wahrhaftig auferstandenen Sohn und an die Heilige Jungfrau, Beschützer des Herrn.

Unser aller Herrgott, der Allmächtige hält sein Versprechen. Er ist stärker als alles in der Welt.

Der neue Reformator!

Ich habe erst ein Buch gelesen. Es heißt Muhammed Ali, der Größte. Er war Boxer, Olympiasieger und dreifacher Weltmeister. Ich war auch Boxer, er räumte mir aber ein, ich wäre der Größere. Ich habe den ganzen Zweiten Weltkrieg erlebt. Hitlers Soldaten waren meine Lehrmeister. Mein Bruder Helmut ist 1940 verhungert. Meine Schwester Erna 1945. Die Soldaten versprachen, unsere Schwester ehrwürdig zu begraben. Priester waren ja keine da, die mussten ja ihre eigene Haut retten. Ich dachte ein Priester hätte keine Angst, er ist doch bei Gott versichert, aber weit gefehlt. Ich bin am 16.3.1938 geboren. Mit neun Jahren kam ich zur Schule. 1950 wurde ich zum Weltrekordler gekrönt, wie weiter vorne berichtet. Am 11.9.1950 wurde mir die Dornenkrone aufgesetzt. 1953 wurde ich konfirmiert. 1954 schmiss mich ein Schweizer Pfarrer zur Kirchentür hinaus.

Es gibt nur einen Gott, aber so viele Glaubensrichtungen. Ich aber weiß, dass ich Gott bin. Ich habe im Krieg so viel mitgemacht und gesehen. Ich weiß, was geht und was machbar ist. Da ist manchem der Angstschweiß eiskalt den Buckel heruntergelaufen. Wer die Armut und das Elend nicht kennt, der weiß den Überfluss nicht zu schätzen. Die Schwarzen nennen sich Christen und wollten unseren Gott beseitigen, dass er ihnen nicht mehr auf die Hände schauen kann. Es gelang ihnen aber nicht. Wer anderer Leute Geld vergeudet, dürfte sich doch nicht brüsten. Du sollst kein falsches Zeugnis reden wider deinen Nächsten. Nur einer besitzt den Himmelsschlüssel. Jesus Christus, der von den Toten auferstanden ist. Gehet hin in Frieden und bezeuget euer Glaubensbekenntnis, dass ich euer Herr und Gott bin.

Liebe evangelische Gemeinde, ich bin euer König, bedanket euch bei meiner behinderten Schwester und der Muttergottes, die uns geboren hat. Sie wurde verhöhnt, verspottet, gequält, war sehr krank und blind. Ihr wurde ins Angesicht gespuckt und sie wurde mit Füßen getreten. Ich war schon als Kind ein kleines Teufelchen. Das machte mich so stark. Meine Mutter und meine Schwester waren wehrlos. Also schwor ich als Zwölfjähriger, meiner Mutter und meiner Schwester mit allen Mitteln zu helfen und sie zu retten. Sicher gaben mir mein Bruder und die Schwester, die im Krieg verhungert sind, und natürlich auch unser himmlischer Vater Schützenhilfe, das schwere Schachspiel nach 52 Jahren zu gewinnen. Der Dritte Weltkrieg wurde von einem Menschen gewonnen. Keiner wollte etwas davon bemerkt haben, aber ich umso mehr. Ich bin euer König und meine weiße Schwester im Himmel die Kaiserin. Wer soll diese Hochzeit bezahlen??

Ich wurde als 16-Jähriger von einem Schweizer Pfarrer aus der Kirche gejagt. Die Kaiserin trat aus der Kirche aus, weil sie ihre Kirchensteuer nicht zahlen konnte. Welch ein Graus! Hat der Herr Seehofer keinen Respekt vor Gottes Schöpfung? Ich würde mich in Grund und Boden schämen, den Kranken das tägliche Brot zu verweigern und er lebt in Saus und Braus. Ebenso ein Franz Beckenbauer, was brauch ich Gott, ich bin Kaiser. Da lob ich mir schon den Ehrenspielführer, den Fußballnationalspieler Uwe Seeler, was brauch ich so viele Millionen, ich kann doch nur ein Steak essen. Oder unseren Erich Zabel, der schon sechs Mal das schwerste Radrennen gewann und das grüne Trikot trug. Das muss ihm erst einer vor- und dann nachmachen. Da lob ich mir unseren unglücklichen zweifachen Boxweltmeister im Schwergewicht Axel Schulz. Wir sind doch Boxer und keine Totschläger, wie es immer das Publikum fordert. Was haben sie nur mit unserem Dr. Baumann gemacht, gemacht hat er sicher nichts. Wer kann solch einen Sportsmann nicht mehr laufen lassen? In den Sternen steht unser Schicksal und nicht in der Bibel. Einer aus unseren Reihen hat es geschafft, den höchsten Thron zu erklimmen. Ich hatte einen Vorteil, ich hörte nur, du bist ein verrückter, ein schwachsinniger, wahnsinniger Idiot, ein Geisteskranker. Das gibt es nicht, das stimmt nicht. Aber ich habe es ihnen schwarz auf weiß zum Lesen gegeben, aber sie sind doch alle viel gescheiter. Selbst ein Professor sagte, der ist zu stark für uns Schwarze. Ich muss ihm das Altgedächtnis löschen. Drei Mal elektrischer Stuhl und Schocktherapie. 1960 wollten sie mich mit ein paar Millionen ködern, ich lehnte dankend ab. Ein jeder gesunder Mensch hat doch ein Gewissen, einen Willen und ein bisschen Ehrgefühl. Die Schwarzen haben vergessen, dass man Gott nichts wegnehmen oder ihn betrügen kann. Nach der Rosskur war ich kein Mensch mehr. Ich brachte keinen Satz mehr zusammen und hatte 42,5 kg zugenommen, ich lag nur noch flach. Das war der Dritte Weltkrieg und keiner hat es gemerkt, 52 Jahre lang. Wer noch nie aus dem Blechnapf fraß, der weiß nicht, was es heißt. Unser tägliches Brot gib uns heute.

Jede Arbeit ist ihres Lohnes wert. Mein Bruder ist ein Ackerer und Wühler, ihm ist keine Arbeit zu viel. Zu Reichtum hat er es aber nicht gebracht. Ihm wurde die Pflicht, für mich und seine behinderte Schwester zu sorgen, auferlegt. Meines Wissens ist er dazu nicht verpflichtet. Ich habe Millionen verstoßen, um glücklich zu werden. Aber ich musste schweres Leid erleiden. Nun bin ich aber doch glücklich, weil ich dem Papst, den Priestern und vielen Pfarrern das Fell über die Ohren gezogen habe, auch vielen Ungläubigen. Soldaten sind keine Mörder. Die sind doch selber Mörder und Vaterlandsverräter, die so etwas aussprechen. Es gibt auch gute, bescheidene, zufriedene und dankbare Menschen. Mein Freund ist Ahnenforscher, er wird es wissen. Das ist doch Quatsch mit Soße, was die Priester sagen, wer die Bibel nicht auswendig kann, kommt nicht in den Himmel. Die Wahrheit ist, wer wissentlich die Gesetze Gottes verstößt, der führt sein Volk ins Verderben, sein Vaterland. Bitte zahlt euer Schwarzgeld zurück. Eure Kaiserin ist mittellos, auch sie muss leben.

So gut wie der Schreiner kann's keiner. Es ist aber zu spät.

Hunde, wollt ihr ewig leben? Ich bin der lebendige Gott zum Sehen und Anfassen, euer Erlöser. Mir fehlt dringend ein Gespräch von Mann zu Mann, ich bin ja nur ein Frosch. Hoffentlich gehören Sie nicht zu denen, die sagen, ich bin ein Ehrenmann, mir glaubt man mehr als euch. Aller Anfang ist schwer. Wer eine Ohrfeige erhält, muss sich beherrschen, um nicht die zweite einzufangen. Der erste Schlag ist verboten, der zweite nicht mehr. Ich habe die Gunst des Boxens gelernt. Wer sich gerecht durchs Leben boxt, der wird auch den gerechten Lohn im Himmel erhalten. Der Herr, der Himmel und Erde gemacht hat, segne dich. Ich bin froh und glücklich, dass ich der größten Organisation, Papst und Priestern, auch vielen Pfarrern das Fell über die Ohren gezogen habe. Ich habe immer versucht ein Angebot zu machen, aber immer winkten sie ab. Soldaten sind keine Mörder. Die anderen sind doch die Mörder und Vaterlandsverräter. Gotteslästerung muss mit dem Tode bestraft werden. Alle wähnen sich im Himmel und haben vergessen, dass ein anderer den Schlüssel dafür hat. Ich bin der Esel, der Himmel und Erde gemacht hat, vor mir braucht keiner in die Knie zu gehen.

Lieber Bruder Gerlach!

Ich bin der verloren gegangene Sohn.

Ich bin aus eurer Gemeinschaft verstoßen worden. Ich war 47 Jahre im Irrenhaus. Wie komme ich wieder aus dem Teufelskreis heraus? Meine Freundin gehört auch keiner Kirche an, weil sie ausgetreten ist, weil sie die Kirchensteuer nicht zahlen konnte.

Ich bin der Herr, euer Gott, ihr sollt keine anderen Götter neben mir haben.

Ich habe viel an Weisheit und Erfahrung dazugelernt und auch verloren.

Was nicht zur Tat wird, hat keinen Wert. Ich möchte in eure Gemeinschaft aufgenommen werden, was muss ich tun?

Ich möchte getauft werden im Namen des Herrn. Mein Name ist Edmund Berg.

Ich war Jesus Christus und bin am 15.7.1999 zum Gott befördert worden. Glauben Sie mir, Gott ist Mensch geworden und wohnt unter uns. Das ist mein Himmelreich.

Klugscheißer werden da gleich Einwände haben, ein 12-Jähriger darf ja keinen Schwur leisten, also ist das Spiel ungültig. Aber der liebe Alte kam neun Jahre zu spät. Die Drecksarbeit war schon begonnen. Selbst dem Papst habe ich das letzte Hemd ausgezogen und wieder angezogen, das war 1968. Der gute alte Adenauer rühmte sich, er wäre keine Sekunde Soldat gewesen. Ich musste Tag und Nacht Gewehr bei Fuß stehen, Gott gehorchen von Geburt bis zum Tod.

Es steht ein Soldat am Neckarstrand.

Da gab es aber selbst von den Nonnen bittere Pillen. Sie fühlten sich auch nicht unschuldig. Aber mir war's immer im Kopf, kriegen tu ich sie alle. Vor Gott kann sich keiner verkriechen und keiner davonlaufen. Aber weh tat es doch: 18 Stunden Kerker. Heute habe ich ein Blasenleiden wegen der kalten Zelle. Ich habe auch lange den Notstand geübt, ohne Abort zu leben. Das war menschenunwürdig und sehr schwierig.

Lieber Herr Gerlach!

Den Spruch haben Sie sicher auch schon gehört: Hilf dir selber, so hilft dir Gott. Lieber Herr Gerlach, glauben Sie etwas? Glauben Sie auch einem Irrenhäusler etwas? Sie sind doch zuständig für die Gefangenen. Ich bin auch einer davon. Ich bin kein Verbrecher und doch schon 47 Jahre gefangen, das ist mehr als zweimal lebenslänglich. Ein Lebenslänglicher kriegt doch Begnadigung. Mich kann oder will keiner verstehen. Ich bin ein Einzelkämpfer. Ich kämpfe für Gott und gegen die ganze Welt. Infolgedessen muss ich Jesus Christus sein. Ich bin es aber nicht mehr, ich bin 1999 befördert worden, ich bin Gott. Könnten Sie mich mal bitte besuchen? Meine Wände sprechen nicht mit mir. Telefon hab ich keins.

Aber ich habe einen Tisch, ein Bett und einen Herd. Ein eigner Herd ist Goldes wert. Unser Verstand reicht so weit, wie uns unsere Füße tragen.

Lieber Herr Dr. Ilg!

Ich schäme mich meiner Herkunft nicht. Ich habe den ganzen Zweiten Weltkrieg erlebt. Mein Bruder ist 1940 verhungert und meine Schwester 1945. Ein Priester und eine junge Ordensschwester sagten, das wird so gut sein. Sind das wirklich Christen? Der Priester machte mir den Vorwurf, weil mein Vater nicht die Bibel auswendig konnte; da wäre nichts zu machen, da käme er auch nicht in den Himmel. Mein Vater kannte keinen Buchstaben, der Priester meinte aber, er hätte einen Kredit aufnehmen und jemanden anstellen müssen, der ihm hilft, die Bibel auswendig zu lernen. Der gute Priester hat doch keine Ahnung vom Leben. Mein Vater verdiente 50 Mark bei einem Bauern im Monat. Ich musste schon mit acht Jahren dazuverdienen, damit meine schwerkranke Mutter und die behinderte Schwester etwas zu essen hatten. Der gute Priester hat aber meinem Vater keinen Pfennig gegeben, um ihn zu retten, also ab in die Hölle. So töricht können doch nur Priester sein. Er kann die Bibel auswendig und hat noch nie gehört, Gott ist in den Schwachen mächtig und bei Gott ist kein Ding unmöglich. Wer den Himmelsschlüssel hat, der braucht nicht anzuklopfen.

Ja, ich bin der Lausbub, der den Kampf einer gegen alle gewonnen hat. Gott ist Mensch geworden und wohnt unter uns.

Das ist erlaubt, sich dümmer zu stellen als man ist. Gescheiter als unser aller Herrgott kann keiner sein.

Ihre Art hat mir immer gefallen. Sie sprachen mich von Anfang mit Du an und sagten: »Meister, wo fehlt es?« Ich weiß ja nicht, wie Sie es meinten. Ist das nur Ihre Redensart? Zu unserem Herrgott darf man Du sagen, aber zu eingebildeten Pinseln muss man Sie sagen. 47 Jahre Irrenhaus ist mehr als zweimal lebenslänglich. Ein Professor sagte, der ist zu stark für uns Schwarze, dem müssen wir das Altgedächtnis löschen. Ich überlegte immer: Altgedächtnis löschen, ich bin doch erst 24 Jahre. Der gute Professor starb und ich überlebte. Ich musste viel einstecken, nur weil ich Boxer bin. Boxen kann ein jeder, sich gerecht durchs Leben boxen. Im Rottenmünster waren schon viele hohe Herren und auch vom Dümmsten kann man etwas lernen. Das ist doch ganz einfach, wenn man weiß, wie es gemacht wird. Antwort der Klugscheißer: Ja so kann es gehen, wenn die Intelligenten einem schwachsinnigen Idioten den Krieg erklären. Ich bin Soldat, kämpfte für mein Vaterland. Ihr Patient hat zwei Weltkriege verloren, den dritten aber gewonnen. Himmel und Erde sind mein Erbe.

Lieber Herr Dr. Ilg!

Sie sind mein Hausarzt und Vertrauensmann. Ich bin bestimmt nicht zimperlich, war schon immer zäh. Das ist sehr schlimm, wenn man keine Freunde hat und selbst von einem Pfarrer nicht angehört wird. Er ging in Urlaub. Es sind aber schon vier Jahre her. Er sollte nur meine Schriften lesen und mir helfen. Was tat er, blitzschnell kopierte er alles und sagte danach auf Wiedersehen. So ist die heutige Gesellschaft. Mein Wahlspruch hieß schon immer, lieber ein Roter sein, als eine schwarze Seele haben. Ich habe fast keine Schulbildung, aber was die gelernt und studiert haben, das müssen die mir erklären. In drei Jahren Lehre und Berufsschule musste ich alles nachholen und habe die Gesellenprüfung mit gut bestanden, was will ich mehr. Die Handwerkskammer sagt, so gut wie der Schreiner kann's keiner. Danach all die Strapazen in Friedenszeiten, das ist doch wahrhaftig unbegreiflich. Aber habe ich mich nicht gut erholt. Konnte kein Wort mehr schreiben. Nun geht es wieder ganz gut, wie geht so etwas?

Hochverehrte Schwester Oberin!

Ich musste über Sie staunen, dass Sie das glaubten, dass die ehrwürdige Schwester Servanda die Muttergottes sein soll. Sie wussten doch, dass ich früher Patient war. Das ist erstaunlich, dass eine gebildete katholische Frau so etwas ohne Widerrede annimmt. Darüber war ich sehr erstaunt.

Nun noch eine ebenso schöne Geschichte von einer Jungfrau, einer Nonne aus Untermarchtal. Wir kannten und sahen uns nie. Ein weißer Engel ging zu der Oberin und sagte, sie muss schnell handeln. Im Rottenmünster geschieht großes Unheil. Es muss ja die Oberin gewesen sein, wer könnte schon einen Arzt auf der Stelle in Urlaub schicken. Mir wollten zwei Herren das Geschlechtsteil entfernen, am 10. August 1970, da gibt es kein Überleben. Der eine lachte schon über das ganze Gesicht. Zwei Personen aus Untermarchtal spielten Schicksal über mein Leben. Das ist doch ein bisschen mehr wert als ein Dankeschön, weil ich noch lebe. Eine Jungfrau, die ihrem Sohn das Leben gerettet hat, damit er wieder richten kann Lebende und Tote von Ewigkeit zu Ewigkeit. Wir haben doch alles, Gott, Jesus Christus, unseren starken Bruder, was wollen wir noch mehr, unsere Jungfrau Muttergottes, unsere Mutter, die uns unterm Herzen trug und mit Schmerzen gebar. Meine Mutter war sehr krank, hässlich und hilflos, weil sie jahrzehntelang blind war. Aber eine Mutter darf man nie verachten, weil sie einen geboren hat. Wo bleiben die Religionen. Ich gehe nur in die Kirche, weil es meine Mutter wünschte. Die Religion saß in mir.

Ja, was wäre dann mit all meiner Weisheit und den Titeln gewesen? Wenn die Jungfrau ihrem Sohn, dem Herrn, in letzter Not geholfen hätte, wäre Gott der Vater noch einmal zu Hilfe gekommen? Das kann ich auch nicht verstehen, dass eine Nonne vor dem Herrn in die Knie geht und nur für einen Gotteslohn arbeitet. Auch sie hat doch zu einem Gottesreich beigetragen. Kann da der Herr noch alleiniger Herr und Herrscher sein? Also für mich steht meine

Mutter und die Jungfrau höher im Kurs, obwohl ich mir auch viel erarbeitet habe. Die Dame ist doch immer die stärkste Figur, auch im königlichen Schachspiel. Ich habe meinen Kopf gesetzt und hätte beinahe verloren, wenn da nicht diese Jungfrau gewesen wäre. Also hat auch sie einen großen Teil an meinem Gewinn. Daher braucht sie auch nicht vor dem Verlierer, dem Papst, in die Knie zu gehen. Es sind alle Linien klar gesetzt, warum will es die Menschheit nicht begreifen? Gott ist der König, mit der Mutter und königlichen Jungfrau. Der Papst hat ihnen nur all die Schätze geraubt. Darum müsste jeder Mensch seiner Mutter und der Jungfrau danken und nicht mir, der das königliche Spiel dank der Jungfrau gewonnen hat. Ich verbeuge mein Haupt vor der Oberin, Generalin, der ersten Kardinalin der Kirche der einheitlichen Gemeinschaft des Glaubens an Gott und die Keuschheit.

Liebe Kardinalin, ich danke Ihnen, dass Sie meiner so kranken Mutter und ihrem Sohn im Irrenhaus mehr glaubten als dem Papst. Das Saatkorn ist wertvoller.

Sehr geehrte Schwester Oberin von Untermarchtal!

Seit 1955 am Dreikönigstag bin ich Ihrem Haus in Rottweil verbunden. Ich habe Ihrer sehr kranken Schwester Adelma geholfen, Kaffee zu kochen und auch das Mittagessen jeden Tag zur rechten Zeit auf den Tisch zu bringen. Sie war eine sehr tapfere Frau. Sie ließ sich nichts anmerken, dass sie so krank war.

Ich glaube, ich war der einzige Evangelische, der bei ihrer Beerdigung war.

Nun möchte ich mich recht herzlich dafür bedanken, dass Ihre Heilige Jungfrau und auch Sie am 10. August 1970 mich vor dem sicheren Tod gerettet haben. Zwei Herren wollten mir das Geschlechtsteil entfernen. Die hohen Herren schafften es aber nicht ganz. Es fehlten ihnen fünf Minuten. Sie waren mein Schutzengel. Der Arzt war ganz entsetzt, dass er sein Werk nicht vollenden konnte. Gelobt sei Jesus Christus und die Heilige Jungfrau. Nun habe ich allen als schwachsinniger Religionswahnsinniger den Rang abgelaufen.

Mein Erbe sind Himmel und Erde.

Wir gehören zusammen, dafür habe ich meinen Kopf gesetzt und alles gewonnen.

Gott ist Mensch geworden und wohnt unter uns. Wir haben den gleichen Gott.

Ich bin der Auferstandene.

Ich bin der Gott, der Himmel und Erde gemacht hat.

Ich bin Jesus Christus, Keuschheit, der die Toten auferweckt.

Ich bin Christi Blut und Gerechtigkeit.

Ich bin der König, ich ernenne die Heilige Jungfrau zur Königin.

Wir mussten stark im Glauben bleiben, Tradition bewahren gilt nicht. Geschichte, Politik und Religion gehören zusammen. Man soll Gott dem Allmächtigen mehr gehorchen als den Menschen.

ehrwürdige Schwester Oberin, Gott hat uns eine Aufgabe gestellt und da gibt es viel zu tun. Der Mensch sei hilfreich und gut. Was nicht zur Tat wird, hat keinen Wert. Wir müssen alle am gleichen Strang ziehen. Wer auf dem falschen Weg ist, muss in Gottes Namen umkehren. Wenn wir das nicht vollziehen, muss ja einer auf der Strecke bleiben. Ich habe den Kampf einer gegen alle gewonnen. Die Schwarzen trachteten nach meinem Leben. Aber dank Ihrer gütigen Hilfe blieb ich am Leben.

Vielen, vielen herzlichen Dank. Tausendmal »Vergelts Gott«.

Wer Gott etwas Gutes tut, dem gibt er es tausendfach zurück.

Liebe ehrwürdige Schwester Servanda!

Nachdem Sie meine Briefe verschmäht haben, versuche ich den Inhalt noch mal wiederzugeben.
Wir haben Gott, Jesus Christus, den König und die Muttergottes. Was brauchen wir mehr? Nur die hohen Herren können nicht vom hohen Ross steigen. Es kommt meistens anders als man denkt. Ehrwürdige, ich hatte einen ganz festen Glauben an Gott und die Auferstehung und unser aller Gott hat mich nicht im Stich gelassen, er hat mich reichlich belohnt. Er hat mir den höchsten Orden, den es zu vergeben gibt, geschenkt. Mein Name lautet Gott, Jesus Christus, der König!
Liebe Schwester, Sie sind meine Mutter, Sie sind meine Braut, Sie sind die Magd des Herrn.
Den Dritten Weltkrieg habe ich ohne Waffen im Alleingang gewonnen. Nur die Priester ließen sich vom Satan nicht befreien. Auch ich hatte einen schweren Weg. Ehrwürdige Schwester, das sagten Sie einmal im Park, Sie wüssten, dass ich alles fertig bringe, was ich will. Ich musste noch mal nachfragen, ich glaubte, ich höre nicht richtig. Tatsächlich habe ich es auch geschafft, wenn es auch 60 Jahre dauerte. Das war doch ein gelungenes Lebenswerk. Ja, es schaffte kein Priester, kein Professor, kein Wissenschaftler. Einem dummen armen Bauernsohn überließen sie es. Sonst heißt es doch, die schweren Sachen macht der Meister alle selber. Mir war als Kind schon im Sinn, du musst deine Mutter und deine Braut verteidigen bis zum letzten Blutstropfen. Das ist wohl kein leichtes Unterfangen. Ja, ich musste so manche schwere Pille schlucken. Aber zuletzt hatte ich Routine, ich zeigte nicht alles, was ich konnte. Der Pfarrer predigt auch nur einmal. Irgendjemand hat doch gesagt, ich schaffe einen neuen Himmel und eine neue Erde. Wer war das nur? Ich doch nicht. Aber mir wurde von unserem aller Herrgott der Himmel und die Erde zugesprochen, nach langem Kampf und viel Arbeit. Am 15.7.1999 war es vollbracht und zwar von Ewigkeit zu

Ewigkeit. Also, wer kann mir da noch etwas streitig machen? Wer hat nur gesagt, es soll keiner hungern oder frieren? Wer hat gesagt, in meines Vaters Hause hat es viele Wohnungen? Das ist die Vollendung, die weiße Hochzeit.

Unschuldig vor Gott unserem Vater sein.

Liebe Schwester Servanda, das ist unser Geheimnis und Testament. Wir dürfen das Geheimnis nicht ausplaudern, es wurde genug Blut vergossen. Herr, siehe dein Volk an, nur Sodom und Gomorra. Vielleicht hat der junge evangelische Pfarrer doch Recht, der von Tuten und Basen keine Ahnung hat.

Ich setzte einen Baustein und der darf weder beschädigt noch verdammt werden.

Das ist das Gesetz unseres Glaubens.

Ohne Fleiß kann man auch keinen Preis ernten.

Ihnen habe ich schon vor langen Jahren mal geschrieben.

Ehre gebührt dem, der es verdient hat.

Gut verloren, etwas verloren
Ehre verloren, viel verloren
Mut verloren, alles verloren.

Packen wir es an?

Nehmen Sie mich als Bräutigam an, liebe Schwester Servanda?

Gott zuliebe doch schon.

Briefe an Bekannte

Lieber Herr Verwaltungsdirektor Birner!

Schon wieder ist ein Jahr vergangen. Viele Astronauten, Satelliten und Raketen flogen ins Weltall. Leider konnte aber bis heute niemand die Allmacht Gottes ergründen. Es haben zwar alle schon gehört, der Herr ist in dem Schwachen mächtig, aber daran kann doch keiner glauben. Schade, dass wir noch nicht kurz über die Ihnen anvertrauten Briefe sprechen konnten. Manches klingt sehr derb, aber wenn es die Wahrheit ist, darf man es schon so ausdrücken. Ich habe bestimmt nicht gegen alle Katholiken etwas, ich habe doch auch großes Lob den Ordensschwestern ausgesprochen. Sie haben ihrem Orden zu gehorchen, dem Papst, sich selber und falls es einen Herrgott gibt, auch dem noch. Also haben sie vier Herren zu dienen, ist das keine schwere Aufgabe? Dazu auch noch für einen Gotteslohn, da sind sie doch bestimmt nicht zu beneiden. Meine Meinung ist, man kann jeder Religion angehören, man muss sich nur an die Gebote halten und nicht mehr sein als Gott.

Das hat es wohl auch noch nie gegeben, so lange Rottenmünster besteht, dass ein Patient zehneinhalb Jahre an 38 Patienten Medizin austeilt. Wie oft habe ich aufgedeckt, dass die Medizin falsch zusammengestellt war. Wie oft hat die Ordensschwester gesagt, der Herr Berg kennt die Tabletten besser als die Pfleger. Ein Italiener hatte eine riesige Wut auf mich. Der Stationspfleger sagte nur, der will doch nur zeigen, dass er auch aufpasst. Ich hatte elf Jahre einen Generalschlüssel, weil der Schreinermeister keinen zur Hand hatte. Das hat keiner gemerkt, dass ich Türen öffnen konnte, die anderen mussten immer ins Dienstzimmer gehen und den Schlüssel holen. Sieben Monate war ich hauptamtlicher Bademeister, bis einmal eine Ordensschwester kam. Sie ist Sozialarbeiterin. Sie sagte, das ist nicht zulässig, dass ich hier Bademeister bin. Am Dienstagabend war für Angestellte immer Turnen, es kamen auch Ärzte vom Krankenhaus.

Gebt Gott was Gottes ist.

Was gab es nicht noch alles Ende 2000. Eine tolle Ärztin empfing mich mit den Worten: Auch schon über vierzig Jahre bekloppt? Vor dreißig Jahren bekam er das und das. Dann kann man ihm auch eine Spritze geben und dies und das. Das sagte sie dreimal bei der Behandlung. Immer gab's eine Spritze ohne Grund. Ein anderes Mal waren zwei falsche Tabletten im Becher. Die Schwester ging ins Dienstzimmer und sagte: »Herr Berg, Sie haben Recht.« Bei der Visite sagte sie es der Ärztin. Die sagte, solch einer will gescheiter sein als unsereiner. Dann sagte sie, er kriegt eine Spritze und zwei neue Tabletten.

Nun hatte ich ein Problem, ich hatte ein paar große Pflanzen in der Wohnung. Da ich ganz alleine bin, wurden von niemandem die Pflanzen gegossen. Ich habe gebettelt, sie soll mich doch nach Hause gehen lassen, es seien nur 800 Meter. Sie ließ sich nicht erweichen. Auf einmal schickte sie mir den Pfleger Freudenberger mit. Ich vergaß ein paar Minuten auf ihn aufzupassen. Im WC hörte ich den Deckel meiner Geldschatulle fallen und er schimpfte. Als ich es sah, war ich ganz perplex. Ich war so geschockt und verstockt. Wie kann solch ein Mensch das nur machen? Als wir wieder im Krankenhaus waren, verschwand er ganz schnell mit meinem ganzen Vermögen von 4000 Mark. Hinter verschlossenen Türen hat ein allein stehender Patient keine Chance. Wie soll er das beweisen? Er kommt nicht aus dem Krankenhaus heraus und nicht in seine Wohnung hinein. Dann war es eben ein anderer.

Lieber Ludwig!

Du darfst mir gratulieren. Ich habe gewonnen. Einer gegen alle. Ich habe Professoren, Wissenschaftler, Spitzensportler, Priester und Politiker in die Pfanne gehauen und eingeseift. So doof und blöd kann ich doch wirklich nicht sein, wie ich aussehe. Du hast mir ja auch geholfen in meiner schwersten Zeit, dafür danke ich dir ewig. Weißt du jetzt, warum ich im Königshofweg 2 wohne. Das muss doch ein Geschenk des Himmels sein. Meine Briefe müssen dich nicht erreicht haben. Dich habe ich nicht vergessen. Der Erste und der Zweite zugleich sein ist schwerer als nur der Erste zu sein. Lieber Ludwig, es lohnt sich schon, mal bei mir vorbeizukommen. Ich habe ein paar Sammelwerke retten können. Dein Vater hat noch einen großen Teil gelesen. Im Bundeshaus liegt das ganze Original vor. So dumm kann doch kein Esel sein. Rette sich, wer sich retten kann. Zuerst war das Licht da, dann die Finsternis und dann das ewige Grauen, die Verdammnis. O sterben, o sterben, o ohne Glauben sterben, das habe ich oft ausgesprochen. Die Menschen sind alle viel zu gescheit und machen sich keine Gedanken, warum sie überhaupt auf der Welt sind. Man sollte doch auch an das ewige Leben denken. Die einen sind superschlau, die sagen, so etwas gibt es nicht, die anderen sagen, wenn wir nur hier in Saus und Braus leben können.

Liebe Schwester!

Ich wünsche Dir viel Glück und Segen. Der Dritte Weltkrieg war keine Sünde. Es war ein Segen für Dich und Deine Mitbrüder. Ich bin der Herr über Himmel und Erde. Ich bin der Herr, Dein Gott, Du sollst keine anderen Götter neben mir haben.

Gott, Christus, König. Nach erbitterter Schlacht stieg ich zum Himmel hinauf und fuhr in die Hölle zurück. Ich habe gesiegt und habe das Blut Christi vergossen. Christi Blut und Gerechtigkeit. Mein Sieg fand am 6.11.1960 statt. Olympisches Gold im Boxen im Leichtgewicht in Rom. Aber der Krieg währte über fünfzig Jahre. Davon waren fünfzig Jahre zu viel. Ende gut, alles gut. Ich besitze auch Geld und Gut, nicht nur der Papst. Vor allem Kraft. Erschreckt Euch nicht, mein Stecken und Stab tröstet Euch. Der Erste und Zweite zu sein ist viel schwerer als nur der Erste zu sein.

Ich bin Befehlshaber der Armee.

Ich bin Zwölf-Sterne-General.

Ich bin Weltrekordhalter im 100-Meter-Lauf, 9,8 Sekunden.

Ich bin Weltrekordhalter im Weitsprung, 12,36 m.

Ich bin Weltrekordhalter im Hochsprung, unmessbar.

Lasst den Dieter Baumann laufen.

Liebe Brunhild!

Wir ziehen doch alle an einem Strang. Wir müssen doch alle miteinander leben. Zu unserem Herrgott darf man Du sagen und zu ein paar eingebildeten Pinseln darf man nur Sie sagen. Ich habe im Krieg viel Elend und schwere Zeiten erlebt. Weil ich so viel Elend erlebt und gesehen habe, habe ich gelernt, mit Wenigem zufrieden zu sein. Auch das durfte ich erfahren, warum die Soldaten viel Schweiß und Blut vergießen mussten. Es hieß ja nur, der Dank des Vaterlandes ist euch gewiss. Wir dürfen uns doch nicht beklagen, anderen Menschen ging und geht es immer noch schlechter als uns. Im Rottenmünster lagen mir wirklich auch nur die wirklich Armen am Herzen und die, die sich nicht helfen konnten. Für die Alteingesessenen bin ich nur der Berg, bin ich kein Herr. Aber sie spürten einfach, ich habe ihnen etwas gegeben und geschenkt, was andere niemals taten. Meine Meinung ist, jeder soll das tun, für was er berufen ist. Seit dem achten Lebensjahr musste ich für meine Eltern sorgen, wer tut das heute schon bei uns. Die Kinder kriegen doch mehr Taschengeld, als sie vielleicht später verdienen. Ich bekam nie eine Mark geschenkt, hatte aber auch keine Schulden. Man kann doch nicht mehr ausgeben als man hat. Lieber verzichte ich doch auf etwas. Ich helfe aber auch jedem gerne, wenn er dadurch viel sparen kann. Kein Mensch kann es jedem recht machen. Das geht auch nicht, dass ein Mensch, der wenig hat, alle Menschen ernähren kann. Was in der Bibel steht, kann man auch nicht alles so wörtlich nehmen. Das sind Geschichten, die von Generation zu Generation weitergetragen wurden. Es wurde alles später geschrieben und übersetzt. Das sind Geschichten, die ich Dir erzähle und Du erzählst es wieder etwas anders weiter. Das stimmt, der Mensch soll hilfreich und gut sein. Aber kann man auch alles recht oder gut machen? Wenn man es auch könnte, ist es wirklich immer gut? Du sollst auch deine Feinde lieben. Wenn sie aber mutwillig dein Leben zerstören, überwiegt da die Liebe immer noch? Was tut man dann,

wenn so viele deine Liebe mit Füßen treten und dich schamlos aus-
nützen? Gelernt habe ich, wenn man für den Herrgott etwas Gutes
tut, kriegt man es tausendfach zurück. Was meinst Du, wie reich
ich einmal bin, am 6.11.1960 wurde ich Millionär. Ich sagte, ich bin
noch so jung und habe gesunde Glieder, ich kann doch mein täglich
Brot selber verdienen. Die anderen murrten und sagten, warum
hast du das getan, das ist doch viel Geld, was meinst du, was man
damit alles anfangen kann. Ich sagte nur, des Menschenwille ist sein
Himmelreich. Es können nicht alle Menschen in Saus und Braus
leben.

Liebe Brunhilde!

Wie gefällt Dir der Spruch und die Gesinnung?

Das will ich mir schreiben in Herz und in Sinn,
dass ich nicht für mich nur auf Erden bin,
dass ich die Liebe, von der ich lebe,
liebend an andere weitergebe.

Siehst Du, so edel sollte jeder Mensch sein. Zu was muss ich wissen, wer das geschrieben hat, oder wo es geschrieben steht. Das sind für mich blöde Leute. Man muss es sich doch nur zu Herzen nehmen und es verwirklichen. Was kann man mit solch einem törichten Wort von einem Pfarrer anfangen: Wer die Bibel nicht auswendig kann, kommt nicht in den Himmel. Ja, woher weiß er das? Er kann auch an Verkalkung leiden oder über hundert Jahre alt werden, dann beherrscht auch er nicht sein ganzes Sprüchlein, also kommt auch er nicht mehr in den Himmel. Er merkt es nicht, aber die Kranken merken es, dass er niemals Recht hat. Hat er noch nie einem Schwerkranken das Sterben erleichtert und ihm geholfen in die Ewigkeit leichter zu gleiten? Da bleibt bei mir einfach der Menschenverstand stehen, wenn ein junger Pfarrer sagt, alles Wissen ist besser, als etwas zu tun. Da hätte ich beinahe Kirchenverweis gekriegt, ich bin aufgestanden und habe gesagt: »Herr Pfarrer, ich habe im Krieg mitgekriegt, dass Tiere klüger sind als der Mensch.« Das hat er nicht gern gehört, obwohl er mir Recht geben musste, als ich es ihm erklärte. Sind das nicht törichte Menschen, wollen die gescheiter sein als der Herrgott und wissen gar nichts. Warum oder was so ein Mensch gelernt hat, weiß ich nicht. Wo bleibt ihre Pflicht ungebildeten Leuten gegenüber? Ich habe schon alte Leute ringen erlebt und die hatten Angst, vor dem höchsten Richterstuhl nicht bestehen zu können. Also ist es doch wahr und erwiesen, dass es ein Weiterleben gibt. Also zerstören ein Pfarrer und viele andere

Menschen so viele Menschenleben. Andere sagen, mir geht es gut und ich bin gesund, was gehen mich die anderen an. Gelernt habe ich nichts, aber können tue ich alles. Dieser Spruch hätte mich fast ins Rottenmünster gebracht. So etwas beschäftigt mich schon lange und ich komme darüber nicht hinweg. So etwas nennt sich Krankenpfleger oder Weltverbesserer, Zivildienstleistender; wir können wirklich alles. In einer halben Stunde bauen wir den Kölner Dom auf. Derweil bekommen sie nicht mal den ersten Stein gesetzt, weil er viel zu schwer für sie ist. So etwas sind ja Jahrhundertwerke, die Menschen haben damals sicher mehr geleistet. Den Kölner Dom habe ich noch nicht gesehen, aber das Freiburger und das Ulmer Münster. Das ist ja lachhaft, dass solche Waschlappen so etwas fertig bringen. Wie viele Hände haben damals daran gearbeitet und von ihnen bringt heute alles einer alleine fertig. Diese gemeißelten Steine, Kunstgläser, Holzschnitzereien und Gemälde und solch eine Höhe. Die können doch nur kranke Menschen ärgern.

Also Anstand und vornehmen Umgang habe ich in dreißig Jahren Rottenmünster nicht gelernt. Aber mancher musste neidlos zugeben, der Berg kann doch etwas, obwohl ich keine Schulbildung habe und beide Eltern Analphabeten waren. In der Berufsschule habe ich ein klein bisschen was mitgekriegt. Dass alle sagen, ich bin schwachsinnig, ein Depp oder Idiot, damit kann ich schon leben. Ich sag nur zu jedem, was Gott mir gab, das kann mir niemand nehmen. Ohne Kirche kann man leben, ohne Gott aber nicht, das sage ich jedem Pfarrer ins Gesicht. Ich war so gläubig und fest überzeugt, die lieben Pfarrer haben in mir alles zerstört, so etwas nennt man auch Mord. Viele können mich nicht verstehen und sagen einfach, das stimmt nicht oder sagen, so etwas gibt es nicht. Also manchmal bin ich ein bisschen laut oder sag ein Wort, das gar nicht so gemeint ist. Der sollte mal die Holzhammernarkose hinter sich bringen, die ich hinter mir habe. Dann wird er auch das verzeihen können. Der Herrgott hat auch nicht alles so einfach gemacht, deswegen scheitern auch viele Menschen daran. In der Schule habe ich nur gelernt: Du sollst deinen Vater und deine Mutter ehren, solange du lebst.

Noch eins ging mir zu Herzen, der Herr ist in den Schwachen mächtig. Ich hatte auch schöne Zeiten im Rottenmünster. Ich war sieben Jahre in der Großküche und half einer krebskranken Nonne, die schon mit 37 Jahren starb. Ich durfte als erster Evangelischer an der Begräbnisfeier im Mutterhaus teilnehmen. Dann war ich zehneinhalb Jahre auf der Pflegestation, durfte unter anderem für 38 Patienten Medizin austeilen. Kannst Du das glauben? Wenn ich nicht zuverlässig gewesen wäre, wäre es ja von der Stationsschwester unverantwortlich gewesen. Wie oft hat sie gesagt, der Herr Berg kennt die Medizin besser als die Pfleger. Mir entging in dieser Zeit nichts.

Die schönste Zeit war, als ich sieben Monate Bademeister war. Da war ich oft mit Ärzten und Pflegern, auch vom Kreiskrankenhaus, bis morgens ein Uhr nach dem Turnen unterwegs. Auf einmal kam eine Nonne und sagte, sie wäre Sozialarbeiterin, das wäre nicht zulässig, dass ich Bademeister wäre. Mein Nachfolger war klug, ich sollte ihn jeden Tag eine Stunde ablösen, damit er mit seiner Frau ins Café gehen konnte. Das lehnte ich ab. Er auch, er musste nach kurzer Zeit gehen. Es ereignete sich ein Unfall und er hatte Alkohol getrunken. Außerdem war ich noch 27 Jahre halbtags in der Schreinerei tätig.

Briefe an Politiker

An den Deutschen Bundeskanzler
Herrn Gerhard Schröder
im Bundeshaus Berlin

Nun ist Aschermittwoch vorbei. Jetzt möchte ich verkünden, dass
Deutschland wieder eine Monarchie hat. Zum König muss man
geboren sein. Mehrere Staatsbeamte sagten zu mir, ich wäre Gott.
In der Kirche hört man immer wieder, Gott ist Mensch geworden
und wohnt unter uns. Nur glauben sollte man etwas. Mein Erbe
ist Himmel und Erde. Also ist Jesus Christus kein Jude, sondern
ein Deutscher. Meine Eltern sind der Landwirt Immanuel Berg
und seine angetraute Ehefrau Martha Beck. Wir sind Bessarabien-
Deutsche. Also bin ich ein Volksdeutscher. Ich musste viel Schweres
ertragen. Ein Professor in Stuttgart sagte, der ist zu stark für uns
Schwarze. Dem müssen wir das Altgedächtnis löschen. Dreimal
elektrischer Stuhl. Am 10.8.1970 wollten sie mir das Geschlechtsteil entfernen, da gibt es kein Überleben. Mein Schutzengel, die
Schwester Oberin, rettete mich Sekunden vor der Tat. Der Arzt
wurde auf der Stelle entlassen. Was ist da christlich, ich dachte, das
wäre Mord. Was Gott mir gab, das kann mir niemand nehmen.
Mein Bruder und meine Schwester verhungerten im Krieg und nun
sagten ein Priester und eine junge heilige Nonne, das ist gut so, sind
das Christen? Wenn einer aus ihren Kreisen verhungert wäre, wäre
er sofort heilig gesprochen worden. Waren das schon im Krieg die
Verbrecher?
   Lieber Herr Kanzler Schröder, ich lege weiterhin in Ihre Hände
die Geschicke Deutschlands. Ich vertraue Ihnen. Im Leitspruch
schrieb ich ja schon, lieber ein Roter sein als eine schwarze Seele
haben. Ich habe für Deutschland in 51 Jahren den Dritten Weltkrieg
ohne Waffen gewonnen. Ein langes Schachspiel mit gutem Ende.
Nun kommt ein Herr Stoiber. Dem dürfen wir gemeinsam keinen
Stich lassen. Die Schwarzen bleiben draußen. Sie dürfen noch üben,
wir sind Christen.

Die Originale liegen bei dem Ehrenmitglied der SPD, Hans-Jochen Vogel vor.

Für eine Nachricht wäre ich Ihnen dankbar oder für einen günstigen Termin.

Herrn
Gerhard Schröder
Bundeskanzler
Bundeshaus – Berlin

Lieber Herr Bundeskanzler!
Ich gratuliere Ihnen zur zweiten Amtsperiode. Auch gratuliere ich
Ihnen zu dem Mut, den USA eine Absage zu erteilen. Letztes Jahr
an Fasnacht habe ich Ihnen auch geschrieben. Es war ja außerge-
wöhnlich schön, wie die Wahl ausging. Der Herr Stoiber riss um
19.15 Uhr die Arme hoch und sagte, wir haben gewonnen, das
ist gelaufen. Dann flog er nach München und ließ sich feiern. Am
nächsten Tag dumme Gesichter und Verleumdungen. So mies kann
sich doch ein Verlierer nicht benehmen.

Ihre Gattin hatte mal im Katholischen Blättchen einen Bericht
geschrieben. Der ging mir sehr zu Herzen. Die Eltern sollten ihre
Kinder zu mehr Ehrlichkeit und Treue erziehen.

Weiterhin viel Erfolg.

Schön wäre es zu wissen, ob der Brief angekommen ist. Danke!

Herrn
Gerhard Schröder
Bundeskanzler
Bundeshaus – Berlin

Zu meiner Person, ich bin Rucksack-Deutscher, geboren am
16.3.1938. Schuldbildung habe ich fast keine, sechs Jahre Hilfsschule. Ich habe den ganzen Zweiten Weltkrieg erlebt. Ich habe den
Dritten Weltkrieg für mein deutsches Vaterland gewonnen. Einer
gegen alle. Das war harte Arbeit, Tag und Nacht. Ein schwarzer
Professor fand mich zu stark für die Schwarzen. Ich bin bestimmt
nicht zimperlich. Aber ein Mordversuch ist Mord. Sie können es
in kurzen Zügen aus meinen Memoiren entnehmen. Fünf Mord-
versuche und zwei Selbstmordversuche habe ich hinter mir. Durch
viel Glück habe ich alles überlebt. Die christliche Parteien CDU
und CSU haben mich 47 Jahre im Irrenhaus festgenagelt, weil ich
schwachsinnig war und Boxer. Gerecht durchs Leben boxen kann
sich fast ein jeder. Wie ich das leisten konnte, was ich geleistet habe
als schwachsinniger, wahnsinniger Idiot, das müssen die mir erklären. Daher stand schon lange vorher fest: Lieber ein Roter sein,
als eine schwarze Seele zu haben. Jetzt nach alledem bin ich doch
berechtigt, Kritik an den Schwarzen zu üben. Das Ehrenmitglied
der SPD, Dr. Hans-Jochen Vogel muss anscheinend veranlasst haben, dass eine Sendung im Fernsehen über meine Person kam. In
dem schwarzen Rottweil wurde manchem Menschen ein schöner
Schreck eingejagt, aber es ist schon wieder alles vergessen.
Viele Grüße!

 **BUNDESKANZLERAMT**

012 - K 001 711/03/0002
(Bei Antwort bitte angeben)

Herrn
Edmund Berg
Königshofweg 2
78628 Rottweil

Sehr geehrter Herr Berg,

Bundeskanzler Gerhard Schröder hat mich gebeten, Ihnen für Ihr freundliches Schreiben vom Januar 2003 zu danken.

Ihre Ausführungen und Ihre engagierten Bewertungen wurden hier aufmerksam aufgenommen.

Mit freundlichen Grüßen

Werner Bügler

1/4

Haus-/Lieferanschrift
Willy-Brandt-Straße 1, 10557 Berlin

Briefanschrift
11012 Berlin

Telex
302 360 bkb

Telefax
01888 / 400 - 23 57

Brief vom Bundeskanzleramt

Herrn Joschka Fischer, Außenminister
Berlin – Bundeshaus

Lieber Herr Fischer!

Ich gratuliere Ihnen zum Wahlerfolg.

Sie sind Marathonläufer, ich bin Boxer. Boxen kann ein jeder, wenn er will; sich gerecht durchs Leben boxen. Mich brachte das Wort in große Schwierigkeiten. Ich beging in meinem Leben noch nie eine Straftat und habe noch nie gegen ein Gesetz verstoßen.

47 Jahre Irrenhaus sind mehr als zweimal lebenslänglich. Ich wurde gemartert, geknebelt, bekam überhöhte Dosen Medikamente, mir wurden starke überhöhte Spritzen verabreicht. Der Oberpfleger, der sich so nannte ohne jegliche Prüfung, sagte, ein Pferd würde verenden, dem Berg macht es aber nichts.

Das würde ich Ihrer Vorsitzenden, Frau Roth, empfehlen, in so einer alten Fußbadewanne mit Eisengitter darüber eine ganze Nacht gebeugt zu verbringen. Das geschah in Deutschland und in Friedenszeiten und sie redet über China. Ja, da hätte sie auch auf Menschenrechte pochen können. Ein Professor in Stuttgart sagte, der ist zu stark für uns Schwarze, dem müssen wir das Altgedächtnis löschen. Das gelang nur teilweise, als ich dreimal auf solch einem Gerät saß, früher nannte man es elektrischer Stuhl. Klugscheißer sagen aber, das gibt es nur in Amerika. Meine Stationsärztin sagte, sie würde es nicht machen, es wären schon viele gestorben. Der Professor bestand aber darauf. So fangen kleine Mörder immer an. Aber er ist schon gestorben und ich lebe noch. Nach der zweiten Kur nahm ich 42,5 kg zu und mein Geist war weg und ich lag nur noch auf dem Fußboden. Aber einer war stärker, unser aller Herrgott.

Ich habe den Dritten Weltkrieg gewonnen und keiner hat's gemerkt. Doch das deutsche Fernsehen würdigte diese Leistung. Einer gegen alle, mit einer Sendung mit dem Titel: Vom Irrenhäusler zum König.

Gott ist Mensch geworden und wohnt unter uns.

Mein Erbe ist Himmel und Erde.

Dafür habe ich meinen Kopf gesetzt und alles gewonnen.

Für eine kleine Antwort und ein Autogramm-Foto wäre ich sehr dankbar, wenn es Ihre Zeit zulässt. Ich habe Sie zu gern.

Mein lieber Landesvater, Ministerpräsident Erwin Teufel!

Ich war 47 Jahre im Irrenhaus. 47 Jahre sind mehr als zweimal lebenslänglich. Wenn einer lebenslänglich kriegt, wird er ja auch noch begnadigt. Ein Professor im Bürgerhospital hat dreimal bei der Visite gesagt, der ist zu stark für uns Schwarze. Den müssen wir das Altgedächtnis löschen. Also muss der Amtsrichter kommen. Ich bekam eine Betäubungsspritze. Dem Amtsrichter nahm ich gar nicht wahr und er hörte kein Wort von mir. Er gab mir aber den Freischein zum Tod. Meine Stationsärztin sagte nur, es geht um Leben und Tod. Sie würde es nicht machen, aber der Professor besteht darauf und ohne die Bestätigung vom Amtsrichter dürften sie es nicht durchführen. Also genauso wie im Krieg. Kein bisschen anders. Als ich dann auf dem Gerät saß, zitterte meine Stationsärztin wie Espenlaub. Das habe ich noch nie erlebt, dass ein Mensch so besorgt ist um einen Mitbürger. Als ich dann dem Teufel von der Schippe gesprungen bin, lief sie zur Tür, aber wagte keinen Blick zurück, und das gab es dreimal. Die Ärztin sagte nur, es sind schon so viele gestorben. Wo bleiben nur die Menschenrechte in Deutschland? Das sind doch schlimmere Verbrecher als im Krieg. Im Krieg gelten andere Gesetze. Danach war ich als Patient zu teuer. Ich wurde abgeschoben nach Weißenau. Dort war es noch grausiger, 44 Insulinschocks. »Machen Sie die Kur, dann sind Sie ganz schnell gesund und können wieder zu Daimler-Benz arbeiten gehen«, so hieß es, daraus wurden 47 Jahre. Das sind mehr als zweimal lebenslänglich. Ein Lebenslänglicher wird ja begnadigt. Ich habe 42,5 kg zugenommen, ich war mehr rund als lang und mein Geist war völlig weg. Ich lag nur noch kraftlos auf dem Fußboden. Ja, ich war ein ehrbarer Bürger, habe kein Gesetz übertreten, mir noch nie etwas zuschulden kommen lassen und nun bin ich ein geschlagenes Wrack. Als es mir dann nach vielen Jahren ein bisschen besser ging, schrieb ich an den Präsidenten der USA. Er soll doch beim Deutschlandbesuch die neuen deutschen

KZs besuchen, die Irrenhäuser in Deutschland. Dort werden die Menschen auch nicht anders vernichtet. Jetzt ist er leider noch übler dran als ich. Er weiß nicht mehr, dass er amerikanischer Präsident war, kennt seinen Sohn nicht und macht ins Bett, genau wie die Menschen auf der Pflegestation. Ich habe den ganzen Krieg erlebt. Habe kaum Schulbildung, habe aber viel von Hitlers Soldaten gelernt. Meine Eltern kannten keinen Buchstaben. Was brauchen wir heute noch mehr Bildung? Wollen alle gescheiter werden als der Herrgott? Das wird wohl nie einer erreichen. Warum müssen Kinder stundenlang Krimis, Horror-, Porno- und Sexfilme anschauen? Wer lesen kann, der kann auch selber was Anständiges lernen.

Der Wahlkampf von Herrn Stoiber war doch sehr schwach. Das ganze Geld hätte man sparen können. Nur einer, ein Grüner aus Sachsen, hat allen eine Lektion erteilt. Ein Wissenschaftler schoss hoch, beugte den Körper nach vorne, riss die Augen und den Mund auf, brachte aber kein Wort heraus. Die anderen akzeptierten es, er hatte Recht. Der Zeitpunkt war leider zu spät. Ältere Leute schliefen um diese Zeit schon. Das war auch noch eine Schau, der Herr Stoiber riss um 19.45 Uhr die Hände hoch, wir haben gewonnen, das ist gelaufen, flog nach München und ließ sich feiern. Als er am anderen Tag aufwachte, hatte er verloren. Er war auch ein mieser Verlierer, genau wie der Herr Kohl 1998. Er konnte gar nicht verstehen, dass er nicht gewählt wurde. Er sagte, jetzt gehe ich mich besaufen. Was hat er nur geleistet, dass er gesamtdeutscher Kanzler geworden ist? Die Dreckwäsche haben doch nur Wehner, Brand, Schmidt und vor allem Egon Bahr gemacht. Aber sich feiern lassen, das konnte er. Kohl hat gleich am Anfang als Kanzler gesagt, ich mache es wie Adenauer, ich halte mich nur an den Westen, der Osten geht mich nichts an. Ach, was erzähle ich Ihnen da. Ich bin ja nur ein schwachsinniges Objekt. Aber am Ende zieht man bekanntlich alles zusammen. Eins habe ich aber schon als Kleinkind gelernt. Man soll Gott mehr gehorchen als den Menschen. Was Gott mir gab, das kann mir niemand nehmen. Daran scheiterten der Professor und alle Ärzte.

Wer noch nie aus dem Blechnapf fraß, der weiß auch Reichtum nicht zu schätzen.

Einer aus unserem Ländle sagte, was nicht zur Tat wird, hat keinen Wert (Gustav Werner).

Aber auf so etwas blicke ich ungern zurück, ich war 47 Jahre im Irrenhaus. Aber dass es so was in unserem Musterländle in Friedenszeiten geben kann, das glaubt wohl nicht ein jeder.

Das war der Pfleger liebstes Spielzeug. Spritze in den Hintern und ab in die Zelle und das alles ohne den geringsten Grund. Oder kranken Leuten mit epileptischen Anfällen büschelweise Haare ausreißen und die Gurgel zudrücken, bis die dunkelblau werden. Einmal war ein Arzt dabei, dem wurde es himmelangst. Er schrie: »Aufhören, aufhören, der bleibt mir weg.« Der Pfleger sagte nur: »Das macht dem nichts.« Zuletzt kam ich dem Oberpfleger auf die Schliche, immer am Monatsende ging es ab in die Zelle. Er war scharf auf das sauer verdiente Geld und die Beihilfe vom Sozialamt. Er musste bauen und das koster so viel Geld.

Ich schwöre bei Gott dem Allmächtigen, der höher steht als alles in der Welt, dass das stimmt.

Die Ordensschwester hat sich selber versprochen, sie sagte, sie hätte das Geld zurückschicken müssen. Ein Schreiben von Amts wegen kam aber nicht.

Ich habe das Meinige getan, nun sind die Kirchen und Politiker dran

Ich habe das Meinige getan.
Nun seid ihr dran, alle Kirchen. Was predigt ihr und was macht ihr? Nicht Gott, sondern ihr müsst etwas tun. Nur auf dem Zweiten Weltkrieg herumhacken und von dem Dritten Weltkrieg habt ihr gar nichts gemerkt, er war viel vernichtender. Also ihr habt 66 Jahre verschlafen. Nun heißt es aber in die Hände gespuckt und etwas gearbeitet. Alle sieben Sekunden verhungert ein unschuldiges Kind. Alle wollen das tägliche Brot, nicht nur ihr. Das ist eure Arbeit, rinnen soll der Schweiß. Viel Steine gab's und wenig Brot. Arbeite ohne Unterlass. Wie wollt ihr in den Himmel kommen, wenn ihr nichts tut? Ihr seid zwar supergescheit, aber dafür gibt es keinen Pfifferling. Ihr predigt doch, du sollst nicht töten, seid ihr davon ausgenommen? Lasst ihr nicht Millionen und Abermillionen verhungern? Wie viele rufen, mich dürstet. Die Soldaten mussten ihre Arbeit unter schwierigsten Bedingungen tun. Sie setzten alles daran, um in den Himmel zu kommen. Ihr behauptet aber, Soldaten wären Mörder. Da kann man nur sagen, fasst euch an eurer eigenen Nase. Du sollst kein falsches Zeugnis reden wider deinen Nächsten. Ihr hättet halt eure Schulaufgaben besser machen sollen. Gebt denen, die Hunger leiden, das tägliche Brot. Ich hatte keine Bibel und habe den richtigen Weg gefunden.

Hilferuf!

Gedenken an meinen lieben Vater und meine liebe Mutter. Sie konnten weder lesen noch schreiben noch rechnen. Ich versuchte alles wieder wettzumachen, auch ohne Schulbildung.

Als Konfirmand flog ich durch die Kirchentür. Ich weiß nicht warum. Hatte der Schweizer Pfarrer Angst vor der Gemeinde, ich wüsste mehr als er. Danach, als ich noch ein Jüngling war, sagte ein Professor, der ist zu stark für uns Schwarzen. Dem müssen wir das Altgedächtnis löschen. Trotz vieler Qualen ist es ihm nicht gelungen. Nicht ich, sondern er ist gestorben. Tatsächlich muss da einer stärker sein.

Uns nannten sie die Rucksack-Deutschen. Ich bin ein Deutscher, ich bin ein »Schwob«. Mein großes Vorbild war und ist immer noch Professor Dr. Heuß, unser Opa.

Ich bin der Sohn des Landwirts Immanuel Berg, geboren am 26.5.1903, Neu-Arzis, und seiner angetrauten Ehefrau Martha Beck, geboren am 3.8.1905 in Friedenstal. Ich kam am 16.3.1938 in Neu-Arzis zur Welt. Ich schäme mich meiner Herkunft nicht.

Keiner weiß, woher er kommt,
keiner weiß, wohin er geht.

Die Schwarzen haben mir 52 Jahre meines Lebens geraubt, das ist mehr als zweimal lebenslänglich, aber ich lebe noch.

O sterben, o ohne Glauben sterben, das war mein Gewinn.

Man muss alles zur richtigen und rechten Zeit vollbringen.

Irgendjemand muss sich doch auskennen in Politik und Geschichte.

Nach dem verlorenen Krieg kommt doch das Königreich. Aber ich heiße zwar Edmund, aber wie komme ich an den Herrn Stoiber ran?

Zum König muss man geboren sein.

Meine Memoiren habe ich dem Ehrenmitglied der SPD, Hans-Jochen Vogel, zugesandt. Er ist Schwarz-Katholik und doch rot.

Alles will ja so klug und supergescheit sein.

Ein katholischer Priester sagte, es wird wohl so gut sein, dass mein Bruder und meine Schwester verhungert sind.

Ein 29-jähriger evangelischer Priester sagte, alles Wissen ist besser, als etwas zu tun.

Ich habe gelernt, sofern man es kann: Bete und arbeite.

In den Himmel wollen sie doch alle.

Nun hoffe ich doch, dass ich endlich etwas von dem großen Kuchen abkriege. Es heißt doch: Unser tägliches Brot gib uns heute.

Ein jeder braucht einen Handlanger.

Ich stelle mich zur Wahl.

Bei den Katholiken heißt es doch, Gott ist Mensch geworden und wohnt unter uns.

Bei den Evangelischen heißt es: Christus ist wahrhaftig auferstanden.

Ich bin Deutschlands König.

Ich habe Schreiner gelernt. Die Handwerkskammer sagt, so gut wie der Schreiner kann's keiner.

Ich war Boxer. Boxen kann fast ein jeder, wenn er will. Sich gerecht durchs Leben boxen

Ich vermurkste als Hilfsschlosser die Autos bei Daimler-Benz.

Aber mir gelang dort etwas, was noch niemandem ohne Hilfsmittel gelang. Leider begann danach mein Untergang.

Wir waren bettelarm, gebettelt haben wir nie.

Was ist Urlaub? Ich hatte ihn nur im Feuerhagel.

Ich bin ein Ehrenmann.

Nicht nur alle die, die dem Wort nicht gerecht werden. Ach ja, ich bin nur ein bekloppter Irrenhäusler. Das ist der Ausspruch einer super Ärztin, und viele meinten es auch so. Irren ist menschlich, oder müssen Sie noch Ihr Lehrgeld auszahlen?

Ich sage nur, Christi Blut und Gerechtigkeit.

Mein Beitrag zum Jahr 2000!

Ich schäme mich meiner Herkunft nicht. Was Gott mir gab, kann mir niemand nehmen. Nach 45 Jahren Irrenhaus mit Unterbrechungen ist es vollbracht. Gott ist Mensch geworden und wohnt unter uns. Fast keiner hat es gemerkt. Aber es waren immer genügend Zeugen da. So leicht war der Kampf bestimmt nicht. Ein Professor wollte mir das Altgedächtnis löschen, er schaffte es aber nicht. Er sagte nur, der wird zu gefährlich für uns. Ein Doktor wollte mir das Geschlechtsteil abschneiden, da gibt es kein Überleben. Er kam aber nicht dazu, er fuhr am gleichen Tag in Urlaub und kam dann nicht mehr zurück. Da kann man nur sagen: Glück oder Schwein gehabt. Nun, nach sechzig Jahren, wurde mein Kampf belohnt. Unser aller Gott hat mir am 15.7.1999 den Himmel zugesprochen und zwar von Ewigkeit zu Ewigkeit. Also kann mir niemand etwas streitig machen. Im Fernsehen sah ich zwei Wissenschaftler, die sagten, sie können schon lange einen Menschen in den Himmel schicken und wieder herunterholen. Sie haben es nur noch nicht gemacht. Ja, nun wurde es wahr, Deutschland, Deutschland über alles in der Welt. Also war auch das verflossene Blut der Soldaten nicht umsonst. Einen besseren Kameraden findest du nicht. Die deutsche Fahne steht für immer und ewig im Himmel. Nicht nur der Größte, auch der Kleinste kann etwas tun. Viele können nichts dafür, dass sie bettelarm sind. Ich musste auch schon als Kind für meine schwerkranke Mutter und meine behinderte Schwester sorgen. Später übernahm es meine Schwägerin, und zu allem Übel wurde meine Mutter auch noch blind. All den vielen Soldaten, die mir den Weg zum Himmel zeigten, darf ich nicht vergessen, zu danken. Keiner kann sich seine Eltern aussuchen, aber er selber kann das Beste aus seinem Leben machen. Man sollte von Geburt bis zum Tod für Gottes Reich arbeiten. Mein Weg war sicher schwieriger und schwerer als der Weg aller Päpste. Die brauchten ja nur die Tradition zu bewahren und viele Schätze zu horten. Ich kann mit offenen Karten spielen, weil nur wenige Gottes allmächtige Schöpfung durchschauen können. Wie kann ein Franz Beckenbauer seine Frau in die Wüste schicken und sagen, was brauch ich Gott, ich bin ja Kaiser. Genauso ein Herr Waigel, der klopft sich auf die Brust, wir Schwarzen sind christlich und bewegen noch etwas. Ja, ich hab's gesehen. Ein Herr Seehofer hat gesagt, Schwerkranke können ruhig sterben. Es ist sowieso kein Geld da. Wer kann schon auf Besitztum pochen? Eins wissen alle, in die andere Welt kann keiner etwas mitnehmen. Sie sind ja Christen, wenn sie nur in Saus und Braus leben können.

Diese Klugscheißer liebe ich über alles. Sie können alles. Ein 29-jähriger evangelischer Pfarrer sagte, alles Wissen ist besser, als etwas zu tun, davon ließ er sich nicht abringen. Mehrere Wehrdienstverweigerer sagten, gelernt haben sie nichts, aber können tun sie alles, auch den Kölner Dom in einer halben Stunde aufbauen. Ich sagte nur: Weil er schon steht. Ihr setzt nicht mal den ersten Stein, weil er zu schwer für euch Waschlappen ist. Warum hat es kein Priester geschafft? Die wissen doch ganz genau wie es geht. Einem dummen armen Bauernsohn ließen sie den Vortritt. Mein Vater wusste nicht was A, B oder sonst ein Buchstabe ist. Ein Hochwürden verlangte, er müsste einen Kredit aufnehmen und jemanden anstellen, der ihm hilft, die Bibel auswendig zu lernen. Sonst wäre nichts zu machen, dann käme er auch nicht in den Himmel. So töricht kann doch nur ein törichter Hochwürden daherreden. Hat er das noch nie gehört, man soll Gott mehr gehorchen als den Menschen. Meinem Vater ist die Tochter im Krieg verhungert und nun das noch, seine ganze Familie wäre verhungert und er hätte die Bibel immer noch nicht auswendig gekonnt. Dann wäre Hochwürden mehrfacher Mörder gewesen, wie hätte er dann in den Himmel kommen wollen? Die müssten erst das kleine Einmaleins lernen. Von dem haben die auch noch nichts gehört.

Unser täglich Brot gib uns heute.

Mein Reich komme.

1. An den Präsidenten der USA – keinen Krieg.

2. An den Heiligen Vater – keine Hungersmorde mehr.

Gezeichnet mit dem heiligen Blut
    Christi Blut und Gerechtigkeit
    Der Befehlsinhaber Edmund Berg

3. Gott dem Allmächtigen gehorchen, von Geburt bis zum Tod.
Nur so kannst du das ewige Leben erlangen.

4. Ich habe mehr als zweimal lebenslänglich verbüßt.
Geh ans Brünnerle, trink aber nicht.

Schöpfen kann man nur aus dem Nichts. Viele wollen aber nur aus
dem Vollen schöpfen, das ist doch viel leichter.
    Ein Gruß an alle von
    Eurem Irrenhäusler Edmund Berg

Auch ein Gruß an alle Soldaten, die ohne Murren Ihr heiliges, kost-
bares, teures Blut für uns alle vergossen habt.
    Vielen herzlichen Dank für Eure Treue bis zum Tod, von Eurem
Befehlsinhaber Edmund Berg

Wie konnte ich nur solch einen Befehl erteilen? Das steht auf
Seite 11.

Begegnungen und Gespräche mit Mitbürgern. Diese sagten, wer
soll das tägliche Brot verdient haben, wenn Du es nicht verdient
hast. Eine neue Bibel brauchen wir nicht.
    In der Kürze liegt die Würze.